I0628222

# The Feline Disclosures

# Divulgaciones felinas

Louis E.V. Nevaer

Bilingual Edition / *Edición Bilingüe*

# The Feline Disclosures

# Divulgaciones felinas

Louis E.V. Nevaer

The Feline Disclosures / Divulgaciones felinas
Copyright © 2014 by Hispanic Economics, Inc.

Manufactured in the United States of America. All rights reserved. No part of this book may be reproduced in any form or by any means, electronic or mechanical, including photocopying, recording, or by information storage and retrieval systems—except by a reviewer who may quote brief passages in a review to be printed in a magazine, newspaper or on the Web—without permission in writing from the publisher. This book is presented solely for educational and entertainment purposes. Names, characters, places, and incidents either are products of the author's imagination or are used fictitiously. Any resemblance to actual events or locales or persons, living or dead, is entirely coincidental. No liability is assumed for damages resulting from the use of information contained herein. No tales were extracted from any cat using waterboarding. This is a work of fiction in its entirety, probably because cats cannot speak.

First printing 2014    Publication date: January 2014.
Translated by the author.

ATTENTION CORPORATIONS, UNIVERSITIES, COLLEGES, AND PROFESSIONAL AND CHARITABLE ORGANIZATIONS: Quantity discounts are available on bulk purchases of this book for educational and gift purposes, or as premiums in fundraising efforts. Inquiries should be sent to *info@hispaniceconomics.com*.
Hispanic Economics, Inc.
P.O. Box 140681
Coral Gables, FL 33114-0681
info@hispaniceconomics.com
HispanicEconomics.com

ISBN 978-1-939879-11-0
Cover and Interior Design by John Clifton
john@johnclifton.net

# CONTENTS / CONTENIDO

# CONTENTS / CONTENIDO

*For Christine Valentine*

# Acknowledgements

Alberto Huchim, José Luis Loría, and Estela Keim offered insight into the compiling of these stories, for which I am grateful.

# The Feline Disclosures

# Introduction

Andy Warhol, in the 1950s, created a series of cat illustrations. It was a whimsical endeavor that consisted of drawings of friendly felines—and one blue cat. These were subsequently published as *25 Cats Named Sam and One Blue Pussy*. He said they were for his mother.[1]

Decades would pass.

When I met Warhol, in the 1980s, the subject of cats came up. In some ways, he said, he still mourned the loss of his beloved feline companion, Hester. To deflect his melancholy, he began talking about Tallulah Bankhead and her performance in Alfred Hitchcock's *Lifeboat*. "Gee, I wonder how different she would have been had she had a cat with her," Warhol speculated.

In occasional conversations over the years, speculating what a cat would say about his or her human companion was a theme. Notes were taken: "Someone should rescue those poor cats from Edward Gorey's home," or "Imagine what Truman Capote's cat has seen over the years."

Yes, it was that weird. Or that silly, depending on one's tolerance for existentialism just this side of lowbrow cattiness. Pun intended.

These notes were written on pieces of paper, coasters, or the backs of envelopes. They were put away for safekeeping, filed along with other papers and photographs, and placed on a bookshelf.

Decades would pass.

It would not be until the 2010s that, over coffee, that another artist friend, José Luis Loría, mentioned he had received a commission from China to create a monumental installation comprised of cat paintings. Some measuring four meters in length, these works would first be on view in Mérida, Yucatán, where he lives and works, before being sent to mainland China.

This conversation reminded me of the cat tales I had discussed with Warhol; I found the folder with the vague plots, ideas, and notes, once thought lost. It was in this peculiar set of coincidences—two different artists, one from the last century and another from the current one, both fixated on cats—that inspired this collection of imagined cat stories.

Is that glimmer in a feline's eyes the look of love, or is it bored indifference, or is it disdain?

What would Tallulah Bankhead's cat have made of being adrift on a lifeboat? Should someone have rescued those cats from the home of Edward Gorey? What horrors or wonders did Truman Capote's cat witness over the years?

This may be one of those odd moments when curiosity itself illuminates the imagined lives of certain cats. If it does, then it is well worth the effort, from Andy Warhol's amused speculations to José Luis Loría's masterful illustrations.

After all, when it comes to the private thoughts deep inside a cat's head, the subject is always open to speculation. So, too, the assembling of cat tales remains a difficult matter.

Louis E. V. Nevaer
Mérida, Yucatán

---

Julia Warhola signed some of the illustrations, and it is likely she had a hand in the illustrations themselves. Andy Warhol's relationship with his mother is a complicated one. Julia Warhola once boasted that the best thing about her son being gay was that he had neither a wife nor daughters, which meant she would be the only woman in his life. Weirdness ran through that family's veins.

# Ava Gardner's Cat

*Corazón espinado* . . . thorned heart.

Miss Gardner calls me Corazón, which is Spanish for heart.

She also calls me Corazón because, according to family lore, that was the name of a Tuscarora ancestor. The Tuscarora people are one of the First Peoples of the Americas, which is to say they are a Native American nation. Ava Gardner, with her Tuscarora, French Huguenot, English, Irish, and Scot heritage, was one mongrel of a human being.

Is it any wonder she was considered one of the most beautiful women in the world of her time?

Is it any wonder she was considered a femme fatale?

Of course, I entered her life long after husbands had left hers. She started early trying and failing at the institution of marriage. She was nineteen when she married Mickey Rooney. That marriage lasted a year. Then she married Artie Shaw. That lasted a year. Her final marriage was to Frank Sinatra. That one lasted six years.

During these three marriages she made three films, *Pandora and the Flying Dutchman* (1951), *The Barefoot Contessa* (1954), and *The Sun Also Rises* (1957), portraying exotic women in all of them. Given the scandals her marriages and divorces occasioned and the characters she played in these films, many people assumed she was Hispanic and that her temperament, described as proud, sensual, grand, and passionate, was consistent with stereotypical ideas of a Latin seductress.

She laughed at the notion. "It's not about being difficult, it's about being disappointed," she confided to me.

"It's a lonely business fucking someone you no longer love,"

7

she once told a biographer who asked why each of her marriages ended.

That was her way of saying she was done with marriage. To her way of thinking, marriage was the most mundane and boring bourgeois institution on the face of the earth. She held it beneath contempt.

"Only losers aspire to get married," she would tell intimates. "You have to be either delusional or brain dead."

I entered her life in 1956, a year before she divorced Frank Sinatra.

"Where did that cat come from?" Frank Sinatra asked.

"I need a creature to keep me company," she lied. "God knows you don't."

"Good luck making love to that cat," he replied, and he walked away.

I was a gift bestowed upon her by Luis Miguel Domínguín, the famous Spanish bullfighter with whom she was having an affair. It was doomed from the start. He would later say of his time with Ava Gardner, "Men fall in love with a woman's faults rather than her qualities."

While men found fault with her, my mistress never found fault with me.

I wasn't her muse: I was her comfort.

Humans are creatures possessed by self-doubt and insecurities. I don't know why, and I don't care to find out. My place in her life, which is to say my place in her heart, was to bolster my mistress's confidence in herself, and in the meaning of the world.

After her marriage to Frank Sinatra and her affair with Luis Miguel Domínguín ended in mutual disappointment, there would be other men. Ava's lovers would include Ernest Hemingway, Howard Hughes, John Huston, and Robert Mitchum.

Furs and jewels would follow. So would heartache. Each failed romance, it has to be noted, tore at her heart.

"Perhaps Warhol is right," Ava Gardner once whispered in my ear after a dinner that ended not with dessert but with her slapping her lover across the face. This was in 1965, the year after she had become an international star following the release of *The Night of the Iguana*.

"I'm afraid that if you look at a thing long enough, it loses all of its meaning," Warhol once noted.

She hated it when men looked at her for long spells, mesmerized by her beauty. She believed it was a sure sign that she would disappoint them. She feared that the longer they admired her beauty the sooner the magic would be broken and she would no longer have any meaning to them.

I do not remember how many times I would walk to her bed, leap up, and make my way to her pillow to meow my thoughts to her in hopes of bolstering her confidence.

My beautiful mistress, however, was often inconsolable. Every failed romance was another thorn thrust into her heart.

It seemed that no one, regardless of species, was able to cast away the self-doubt that consumed her very soul.

Not even a *corazón* as true as this feline's.

*Story inspired by A.W.*

# 2 Cardinal Richelieu's Feline

In the mornings, after my ablutions and feeding, I stretch. It makes my back feel wonderful to stretch as I slowly arch my spinal column, spread my claws, and move with purpose to raise my head.

I am master of my domain.

His Excellency, the Cardinal, is an admirable chevalier, a bit obtuse and mercurial. Perhaps he should spend more time on holiday in foreign countries. He seems so devoted to his work that he remains oblivious to the elemental truths of life.

After one's breakfast and the ritual of stretching, it is important to find the right royal cushion on the appropriate chair and take possession of it.

There are always choices in his private suites. Sometimes the sun shines through his expansive windows, on the days the sun deigns to shine upon Paris.

I move with grace and ease, circling the legs of this or that chair, until I find one that, for that day and at that moment, feels right.

Then, I *leap*!

And I *land*!

I circle around. My paws perform a dance of kneading as I prepare the cushion to receive my body, which, in one move, comes to rest upon the luxurious silk fabric.

Their soon-to-be-forgotten matters of grave urgency fill the minds of my beloved Cardinal and the supplicants he entertains or dismisses as the sun warms my body and my eyes close for an overdue morning nap.

I am indifferent to the issues of the mighty swirling about me. The world, in all its dreary hues and shades, vanishes from my mind as dreams appear.

There are no cares when my eyes occasionally slide open only to witness the hurried pace of men with a sense of resolve. Their hapless movements are a kind of poetry, with this gesticulation here and a raised voice there. The only thing on my mind is the comforting warmth of this cushion and how glorious it is to feel my body bathed in sunlight.

I am satisfied.

Dreams, after all, offer the consolation of a world of silence. Dreams are a refuge from the irrelevance of the world. They are present, these dreams of mine, but they are felt and not heard, not unlike the beating of a feline's heart.

The Cardinal does hear my murmurs and purrs, but he never hears the beating of my heart. *That* he must feel when his benevolent hand rests on my torso.

Most evenings, after his supper, he places a favored cushion on his lap and I leap onto it. With one hand he caresses my body, resting his hand in a reassuring manner. If I can feel his pulse through his wrist, then he can feel my heartbeat through his palm. With his other hand, he turns pieces of paper.

"Westphalia," he whispers to himself. "A peace treaty," his voice declares as his eyes contemplate my face.

It makes me yawn, men's talk of this peace or that peace. So much is made of the making of peace when it is the launching of war that should be prevented in the first place; mankind's wars disrupt the quotidian habits of the familiar.

Where is the decency in constant upheaval?

Will my elegant chairs always be here? Will silk cushions be present for my choosing? Will the windows that filter the sun's warmth forever keep the cold at bay?

If I ponder these thoughts, I will disrupt the comfort of my dreams.

Cardinal Richelieu enters and leaves these chambers. Cardinal Richelieu speaks of kings and popes. Cardinal Richelieu ponders war and peace.

Once more, I arch my back and stretch my spine. I lean forward and stretch my claws. I yawn.

I awaken fully, find my bowl, take water, and return to the warmth of the sun.

Cardinal Richelieu seeks decency and pragmatism in equal measure. In my world of silence and his world of sound there is harmony.

Why can't mankind conduct themselves in similar fashion?

The Treaty of Westphalia, I hear someone say, will afford France stability.

The elegant chair, the silk cushion, and the warmth of the sun will remain. These happy thoughts will fill my dreams this late morning.

If I were in Westphalia, I, too, would agree to a treaty. Their felines deserve the comfort of silk cushions and swaths of warm sunshine.

I have so decreed: *Je suis Le Chat-Soleil*.

# Catherine the Great's Cat

The Empress is my mistress and I am her refuge.

My name is Sophie, but you can call me—well, what's the point?

If you're reading this, everyone alive today will have long perished from this earth, including every single feline, our nine lives notwithstanding.

I will tell you this much. While her portrait was painted by Fyodor Rokotov, the only way Her Majesty was able to sit still was to have a velvet cushion on her lap.

I lay on that velvet cushion of royal hue. And she brushed my body.

It is my proudest accomplishment that Catherine the Great, who is credited with reigning over the Golden Age of the Russian Empire, from the summer of 1762 through the fall of 1796, needed me to settle her nerves.

She would caress me at times, but more often she would brush me. The Empress would nod, and one of her scores of attendants would bring a brush encrusted with jewels. The brush had been given to her on the occasion of her coronation by Quartermaster-General Prince A. A. Viazemsky, and it was looked after by Gregory Teploff, the Secretary of the Empress, to ensure that it was always on hand when Catherine brushed my coat.

It was an admirable life for me, one that I relished; my paws never set foot on the cold stones beyond the courts and palaces in which we lived.

This is not to say that the Empress was shallow. I sat on her lap as she dictated a letter to her grandchildren to prepare them for the challenges they would certainly face as the nineteenth century approached, and which she feared she would not live to see. The Empress counseled her children's children to:

> Study people, endeavor to profit by them, without confiding in them indiscriminately. Search the world for true merit; in the majority of cases it is modest and hides itself away; virtue does not proclaim itself in a crowd, it is distinguished neither by greed nor ostentation, it is passed over and ignored.
>
> Never surround yourselves with flatterers; let it be felt that you hate people to praise you whilst abasing themselves. Bestow your confidence only on those who have the courage to contradict you if need be, and who prefer your good name to your benefactions. Be gentle, benevolent, accessible, compassionate, and liberal-minded.
>
> Your exalted position should never be an obstacle to your kindly condescension to the lowly nor to your placing yourself in their position in such a manner that your benevolence should detract neither from your power nor their respect. Give ear to anything which may in any way be deserving of your attention.
>
> Let people see that you think and feel as it becomes you to do. Behave in such a manner that good people may love you, bad people fear you, and everybody respect you. Preserve in your heart those grand qualities which constitute the distinguishing characteristics of all honest men, great men, and heroes.
>
> Hold all low artifices in aversion; may your contact with the world never obscure your classic love of honor and virtue. May reprehensible principles and wicked cunning never find a way into your heart. Duplicity is foreign to the great, who despise meanness of every kind.

When she was through, she looked at me, lifted the brush, and groomed me. When she was done, she kissed my head and caressed my torso.

Courtiers would come and go while I sat on her lap, soothed by her caresses.

"Sophie, my beautiful Sophie," the Empress said. "What have I done to be this fortunate to possess a feline as gracious as you as my companion?"

How could one answer such a rhetorical query?

I didn't know what to say and simply purred as I turned my head.

But in my mind, I would have told the Empress more. I would have offered something more substantial than an inadequate purr. I knew what to say, but, being a cat, I was unable to speak.

What would that have been?

Isn't it obvious?

What could *anyone* say to the Catherine the Great?

Because of the way you caress me, that's why I'm your pussy.

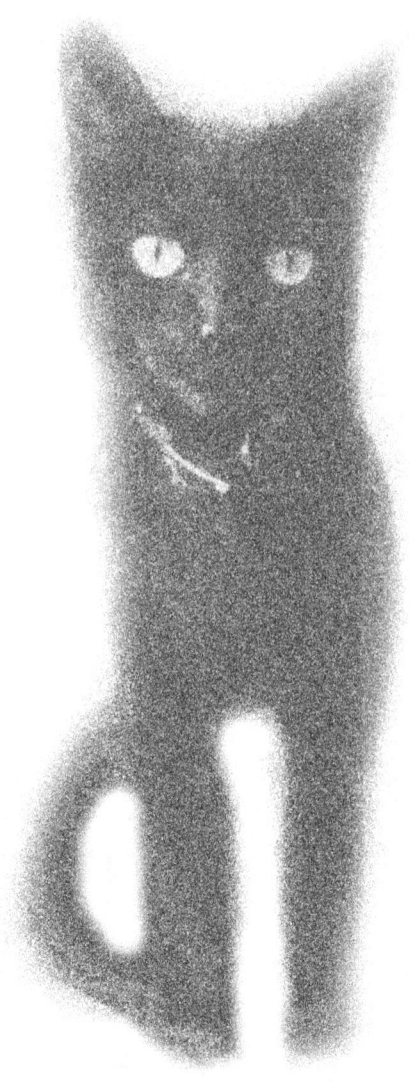

# 4 Ching Shih's Feline

I do know my place.

That is the one good thing you can say about me. I have no airs about pedigree or the purpose of my existence.

Ching Shih acquired me the day after her husband, Zheng Yi, died in Vietnam. She buried her face in my body as she cried; her tears soaked my fur.

She named me Xièxiè, which means Thank You.

Thank you for what? Thank you for the consolation.

Even pirates who terrorize the China Sea shed tears at times. Even terrorists need to be comforted in their moment of grief.

My mistress, Ching Shih, seized me from my mother's teat. I did not even know how to stand on my own four paws.

Indeed, I learned to stand aboard her junk, which sailed in defiance of the Chinese, Portuguese, and British navies. The first time I accompanied her onto terra firma, I suffered vertigo, threw up, and fell to the floor, unable to find my footing. It would be decades later when I would be allowed to set paw on land.

*Good. One less thing to learn to master!*

Ching Shih may not have wanted to rule the world, but she was determined to terrorize the high seas.

Her harsh manner was a product of circumstance. She was born to a single mother in the city of Canton, and by the age of twelve she had to make her way in the world. She became a prostitute. It was her good fortune to be abducted by pirates. Her beauty and sexual prowess brought her to the attention of Zheng Yi. They married and together they built the Red Flag Fleet.

That is no understatement. Because they built a fleet of pirates as equals, when Zheng Yi died she had the managerial skills necessary to forge ahead. By 1806, she commanded more than three hundred junks and had more than thirty thousand pirates under her command. At a time when women in the United States of America were forbidden to consult a banker without written permission from their husbands or fathers, Ching Shih controlled one of the world's largest private fortunes and had unimaginable wealth.

Life taught her to be tough. She taught me to be tougher.

"This is Xièxiè," she told the crew of her junk. "He will roam freely the confines of this vessel. If anyone interferes with him, that person shall be put to death. And no one is to feed him!"

I had to fend for myself. You might think that being aboard a vessel there would be plenty of fish. That is true, but there was no fish for me; the men were forbidden to feed me. I could steal a morsel here or a scrap there, but the surest way to provide for myself was to learn to pounce on rats.

I had to catch them, then hold them down with one claw while I slit their throats with the other.

Then I could feast on their flesh.

Ching Shih was that kind of mistress.

This reformed Cantonese prostitute, I should point out, had a deep sense of independence and decency. As pirates, we often raided ports, capturing all manner of loot.

This included women and children.

If a pirate under her command raped a woman, Ching Shih decreed, he would be beheaded and his body thrown to the sharks. The aggrieved woman would be given a few coins and released at the next port of call. If, on the other hand, a woman had given her consent to a liaison with one of her pirates, that man too would be beheaded, his body thrown overboard. The woman would be tied to cannonballs and drowned.

No vessel of the Red Flag Fleet would entertain the possibility of childbirth.

Except, of course, the birth of rats.

It seems that at every port of call, rats were drawn to our ship. I knew they hid between the rafters. They mated. They gave birth.

I learned to hunt with the prowess of a jungle creature, only needing to go to my mistress's chambers for fresh water and to sleep on the wedding bed covered in silk sheets of bright red that she favored.

"Xièxiè," she would tell me as she caressed me, "no one feeds you, but you never go hungry. Self-sufficiency and independence are good traits. You are fortunate to possess them. It is auspicious for our relationship, my precious feline."

And so we lived for decades, but there came a time when things changed because life changed.

"Soon you will have to learn to walk on terra firma," she whispered to me one evening. "Our days at sea near their end. This world of ours evolves, as do the seasons, and we must adapt to new circumstances as the currents do when they encounter obstacles."

The Red Flag Fleet could not be defeated: it had to be accommodated.

China, ever pragmatic in facing the realities of the world, offered a deal: amnesty to one and to all. Every pirate could keep his or her ill-gotten loot, but our lawlessness would have to end.

Ching Shih negotiated from a position of strength; she could take it or she could leave it.

She knew, however, that other imperial navies—the French, the Spanish, and the American—were now conspiring with the Chinese, the Portuguese, and the British.

The navies of the world's mercantilist nations were uniting against us. It would only be a matter of time before they could defeat the Red Flag fleet.

I would have to learn to find my balance and walk on land without stumbling.

And so, in 1810, I did.

Dressed in the finest silks the world could produce, vibrant reds and yellows, she held me in her arms. She looked back at her vessel one last time. With flowers in her hair and with an entourage of distinguished pirates following her, Ching Shih disembarked in the port of Shanghai.

I leapt from her arms and I stood on all four legs, wobbly at first, but I, Xièxiè, raised by pirates, who had beheld the beauty of the world from the bridge of my mistress's junk, witness to the cruelty of men, I who had feasted on rats tortured and slain, walked with confidence by the side of my mistress.

It would be a different life, this gilded amnesty of untold wealth, and it was one I learned to master with ease.

For more than three decades, Ching Shih succeeded in her land-bound venture: gambling houses filled with music, opium, alcohol, and whores.

The circle of circumstance was complete, and, in many ways, I was witness to it all from the privileged position of master in my mistress's domain.

I was Ching Shih's precious feline!

*Story inspired by A.W.*

# 5 Donatien Alphonse François and Cat

My master is insane. At least that's what the courts and attending doctors have declared. We are confined to Charenton, an asylum for the mad located in Val-de-Marne, France.

Detractors claim the entire republic of France is one large insane asylum in the 1810s. Perhaps, but sanity is relative, isn't it?

All I know is that this place is peaceful. Donatien calls me Eros.

I am his cat. The others here—are they residents? patients? inmates? prisoners?—are generous and kind to me in their peculiar way.

I am free to roam the premises and gardens at will. Donatien loves it when I drag in a mouse. I hunt them down in the gardens or the corners of the rooms that make up this vast asylum.

Donatien spends his mornings working on plays and dramas. The director of Charenton is Abbé de Coulmier. He is very progressive in his outlook. He encourages Donatien to work on his various writings. He even allows performances, in which others who reside participate as actors. As such, Donatien spends hour upon hour working on his dramas. In the afternoon it is rehearsal after rehearsal.

It is only at midday that we can spend time together.

He will open the window and call out my name: "Eros! *Mon chat précieux!*"

If I drag in a live mouse, he claps his hands with excitement, and he seizes the poor creature from my jaws. He will then rush over to his desk and tie the mouse onto a piece of flat wood that has four large nails attached to it. When the mouse is secured to his crux decussata, he summons me.

"Eros," he whispers, "it's time to play! It's time to be the predator that nature intended you to be! It's time to kill your prey!"

And with that, I slowly claw and torment the doomed mouse.

Donatien encourages me. Donatien cheers me on: *"Encore! Excellent! Formidable!"*

And I continue, ever fiercer, more determined, with greater rage, as I claw and bite the mouse.

Donatien, as if overtaken by demons, rushes over to examine the scratches on the terrified mouse, which twitches in agony.

"Eros, *encore, mon chat précieux!"*

I live to please my master. I am overjoyed to bring him pleasure.

His breathing intensifies, especially when he sees the mouse bleeding and when the creature recoils in pain.

There have been occasions when Donatien has summoned Madeleine Leclerc, a fourteen-year-old child whose mother is employed at Charenton. Her mother does not know that Donatien and Madeleine are involved sexually. In the afternoons, when she is supposed to be assisting in chores, she is in Donatien's bed.

I hear their pillow talk. At first she was hesitant and had grave misgivings about the pleasure Donatien found in suffering. He was, however, never more aroused than when they pretended that he was going to suffocate her with a pillow or a cushion. The young woman was, at first, terrified, but over time, she realized that gasping for air while he masturbated her was strangely appealing and sensual. She found it peculiar, yet seductive and arousing, when he pricked her fingers and licked the blood he drew. He also pricked her nipples and licked the drop of blood that spilled from her breast.

*"C'est mieux que le lait!"* he would exclaim.

Madeleine would often rush out, embarrassed or ashamed, or

a bit of both.

When that happened, Donatien's attention returned to me.

*"Trouves-moi une souris,* Eros!" he would command.

And I would jump out the window and not return until I had captured a mouse for Donatien.

It would be the same familiar routine.

On occasion, however, even I had to turn away from the poor mouse I was tormenting; its squeals and blood were too much for a proud feline to bear. I would see Donatien on his bed, naked, masturbating at the sight of the pain I was inflicting on the rodent.

The more pain I inflicted, the greater his sexual arousal.

Such is how we occupied our days in this glorious French sanitarium as the nineteenth century took shape around us.

My master, Donatien, I must point out, is better known by his title, the Marquis de Sade.

*Story inspired by A.W.*

# Euclid of Alexandria's Cat

*his I contemplate: To indicate a position but not to occupy space.*

I'm not sure what this means, but it is what I heard my master say. He summoned me with a small plate of delicacies from the Mediterranean: sardines and anchovies. He spoils me. He always has. That's why I rub my face on his hand and wrist.

A good cat is grateful to his master, who safeguards his life in this uncertain world of ever-present dangers.

Euclid of Alexandria is a good master, and I consider myself a fortunate cat.

I love to sit by the window and feel the refreshing winds from the Mediterranean that come ashore on Alexandria.

This is a glorious Greek city, and visitors from the known world travel to be instructed by my master. They bring us gifts. They give us coins.

Euclid of Alexandria is a man of thoughts, not riches or power.

When times are difficult, we eat parrot fish. When times are good, we feast on bluefin tuna. In the times in between, we will eat yellowfin tuna or red mullet.

Always there are sardines and anchovies.

I sit most upright with my head in the air to better enjoy the breezes of the Mediterranean Sea. In the warmth of the sun and the cool breezes, I am content. In late morning, my master brings me a plate of fish.

This is where I was meant to be.

"Accept this axiom: any two points can be joined by a straight line," Euclid pronounces to the assembled young men he is teaching, over yonder. "This is elemental."

The breezes move the cloths that hang as curtains. Sometimes I claw at them. On occasion I hide myself in the sheets of cotton cloths that abound in our home. Some of them are garments, others are coverings for furniture. I don't always know which is which, a toga or a bedsheet.

At night my master, Euclid of Alexandria, makes an offering to Eidyia, the goddess of knowledge. Daughter of Oceanus and Tethys, she is responsible for mankind's ability to know things and record these things so others can learn them as well.

"I won't let the grief of this world break my heart. No, I won't let the shapes and angles that inflict pain and discord enter my heart," Euclid of Alexandria says as he burns oil and offers his prayers.

I prefer my perch here by the window, even late into the night. The ships sail, bringing men, wine, olives, and meats from Greece. If times are good, there are pheasants and hares as well.

Too good to be . . . this kind of grace doesn't befall any ordinary cat . . . I only need to be near my master to be happy. Sardines! Anchovies! Being held in his embrace!

It's almost too good to be true to have found a master like him, this Euclid of Alexandria, who imparts axioms to the assembled students yearning for knowledge.

The ships leave Alexandria loaded with slaves and palms and dates.

I'm happy. It's a good life.

This kind of fortune doesn't befall every cat. This kind of life doesn't come to any ordinary cat.

Euclid of Alexandria lives for his works, his thoughts, consigning them to writings and assembling them in books. It is about shapes and mathematics, the learned thinking of how the world of geometry comes together on an elemental level that any student can comprehend.

I'm not sure what any of that means. I don't care; I'm content to hold my head high as the cool Mediterranean breezes come ashore.

It is now almost midday, and my master approaches with a dish of bluefin tuna. Glorious! One of his pupils must be from a wealthy family!

This is the place that I was meant to be. Being embraced in his arms is my home. It's almost too gracious to be true, but it is true.

It's as true as accepting that, in geometry, a point indicates position but does not occupy space.

There, I said it!

Truth is that elemental.

# 7 Fidel Castro's Feline

Things are seldom what they seem as far as I am concerned.

That I have survived in a land of endless revolution—where, paradoxically, things are ever-changing but remain the same—requires skills.

I credit my survival with being solicitous enough to be considered a friend but distant enough to remain nonthreatening.

I spend most of my time hidden under the bed, only venturing out to comfort my master for short spells.

Out of sight offers safety.

This is, after all, Havana, where it is dangerous to have a high profile.

A cat far wiser than I counseled me years ago: Read Exodus: The secret to longevity in this place lies there.

I scratched through a copy of a Bible I found in a dumpster. This revolution, being communist and atheist, unleashed an anticlerical wave of violence; Bibles were discarded as garbage when they were found by the authorities, who argued that religion is the opiate of the proletariat.

It was easy to find the secret my friend alluded to, and it was quite obvious: Exodus 34:14.

"Thou shalt worship no other god: for the LORD, whose name *is* Jealous, *is* a jealous God."

Camilo Cienfuegos never read that. Ernesto "Che" Guevara never read that. General Arnaldo Ochoa never read that. The list is endless.

Any person who had intelligence, a personality that commanded admirers, and a following among the public was considered a potential rival. That person became a looming

26

threat. Any such person would be labeled one thing or another before their unceremonious end.

Any such person was doomed to meet an unexpected death.

I prefer the safety of hiding under the bed. The box spring offers shelter, and the cool paste ceramic tiles offer relief from the tropical heat.

I eschew labels.

Whenever Fidel has asks me what I am, I hesitate.

"Buenos días, Martí," he says, "dime que eres."

("Good morning, Martí, tell me what you are.")

I look up, purr, and rub my face on the back of his hand.

I don't tell him I'm cat; that would label me. Instead, I tell him I'm a saxophone player. That levels things out. That offers safety.

Who could be against jazz?

Fidel pets me, scratches me behind the ear, and serves me a saucer of blood.

It may sound odd, but before the revolution triumphed, finding adequate food was difficult. We lived in the mountains, and we had to steal chickens from farmers and peasants. I grew accustomed to feasting on bits of raw chicken. And because there was no milk, I lapped chicken blood from a small saucer.

Several of the *revolucionarios* up in the sierras with Fidel were also followers of the Afro-Cuban religion of Santería. The sacrifice of chickens to their deities assured a steady supply of poultry—and saucers of blood for me.

The revolution having been achieved, food was no longer a concern. But old habits die hard. Despite the plethora of foods and delicacies, I have kept my tastes simple.

I come out of hiding and carefully make my way to the Lord My God. I caress his hand with my head. I meow as a supplicant should.

He smiles upon me. He scratches me behind the ears. He offers me a morsel.

Before I tire him with my presence or someone enters the room and pays me a compliment, ever cognizant of the Lord My God's jealous nature, I retreat to my hiding spot.

Some might say I live a life of fear. Others would say I lead a life of discretion.

I, ever a revolutionary, am simply in constant survival mode.

The years in Havana have evaporated in such fashion, disappearing one after the other, measured in a life lived hiding under the bed.

I am resigned to the way of the world. Despite the promise of constant revolution, the Lord My God has no chance for reinvention. *He is the monster that he is.*

The only time I am at ease is when Raúl joins us for lunch. The brothers are in constant competition with each other, as if seeking the favor of an invisible parent.

I pay no mind to these insufferable siblings as I leap onto a chair near them at the dining room table.

"You are not going to have another dessert, are you?" the Lord My God inquires.

"What if I am?" Raúl challenges back.

"That's why you're overweight and have such high cholesterol!" the Lord My God counters.

"What's it to you?" Raúl retorts.

"The revolution needs fit and healthy leaders," the Lord My God says in a stern voice.

"That's why you're here in a sanitarium and I'm running the country!" Raúl points out. "Besides, if I want a tiramisu in addition to a *tres leches*, why shouldn't I have a tiramisu after my *tres leches*? I think I've earned it."

"The thought of so much sugar makes me cringe like a diabetic, Raúl," the Lord My God sneers.

"Come off it, Fidel," Raúl says. "It's time we indulge a bit. Damn if I haven't deprived myself of life's simple pleasures for the sake of this revolution of ours long enough!"

"Deprivation? Your waistline says otherwise!" the Lord My God points out.

A tiramisu is served to Raúl by a silent black woman. Her eyes never meet theirs; she ignores me.

"Yes, I have sacrificed much for Cuba!" Raúl declares.

"And I have not?" the Lord My God queries.

Raúl takes a bite of his second dessert, closes his eyes, and smiles.

"Yes, you have, Fidel," Raúl answers. "But so have I. Remember how many months I deprived myself of *any* dessert when I was on that stupid grapefruit diet that Elizabeth Taylor was promoting back in 1968 or 1969? Well, it's time to make up for those missed desserts."

If it is true that only the good die young, these two bastards have a fair shot at immortality.

The brothers continue to bicker as their time together comes to an end. Fidel offers me a saucer of blood.

After I lap from my saucer, it is time to make a quick exit for the safety of my hiding spot under the bed.

That is the only safe place in the whole of Havana as revolution continues without respite.

# 8 Leon Trotsky's Cat

Is it a miracle?

I was born to a mistress but ended up being owned by a master. And it didn't have anything to do with the human weirdness of being the feline companion to a transgender person.

I am Carlos.

My mistress was Frida Kahlo, who named me in honor of Karl Marx. My master became Leon Trotsky when he took me to live with him on Avenida Viena in Mexico City in 1939.

"I welcomed you into my home and I gave you sanctuary, and you repay me by sleeping with my wife?" Diego Rivera yelled at him. "Get out of my house, you wretched Russian bastard!"

Rivera grabbed Trotsky by the lapels and tie and thrust him to the floor. He spat on him.

I was there! I witnessed it all!

The violence terrified me, and I darted back and forth across the room frantically, fearing for my safety. Diego then seized me by the collar with a firm grip.

"Take this cat! Getting rid of this animal will punish Frida, and it will remind you of your betrayal! And I warn you! If you do not look after this creature, there will be an ice pick with your name on it."

That is how a mistress became a master.

Yes, I missed Frida tremendously. I loved her dearly. She was mad, but she was a devoted mistress who showered me with love and affection. Leon was an indifferent master to me. Frida, by comparison, held me tightly against her bosom, kissed me, scratched behind my ears, and fed me slivers of chicken breast on exquisite Talavera saucers. Leon was cold and aloof in a Russian sort of way. This is not to say he was unhappy with me or that his life in Mexico City did not make him happy.

Consider "Trotsky's Testament," which he wrote to Natalia Sedova:

> In addition to the happiness of being a fighter for the cause of socialism, fate gave me the happiness of being her husband. During the almost forty years of our life together she remained an inexhaustible source of love, magnanimity, and tenderness. She underwent great sufferings, especially in the last period of our lives. But I find some comfort in the fact that she also knew days of happiness.
>
> For forty-three years of my conscious life I have remained a revolutionist; for forty-two of them I have fought under the banner of Marxism. If I had to begin all over again I would of course try to avoid this or that mistake, but the main course of my life would remain unchanged. I shall die a proletarian revolutionist, a Marxist, a dialectical materialist, and, consequently, an irreconcilable atheist. My faith in the communist future of mankind is not less ardent; indeed it is firmer today than it was in the days of my youth.
>
> Natasha has just come up to the window from the courtyard and opened it wider so that the air may enter more freely into my room. I can see the bright green strip of grass beneath the wall, and the clear blue sky above the wall, and sunlight everywhere. Life is beautiful. Let the future generations cleanse it of all evil, oppression and violence, and enjoy it to the full.
>
> L. Trotsky
> 27 February 1940

His happiness, however, was not my happiness, and I resolved to go back to Frida's embrace. Leon and Frida lived a short distance from each other in Coyoacán. No cat in Mexico City knew that neighborhood like me, Carlos!

I fled Leon and made my way back to the Casa Azul, the Blue House, the home where Frida Kahlo and Diego Rivera lived. I leapt over the wall and made a mad dash for her bedroom. I settled on her pillow and waited for her to return. Hours would pass, which I enjoyed as I slumbered away, luxuriating in the scent of her linens and warmth of the sun, which bathed the entire room. Before evening fell, she appeared.

When she saw me, she cried with joy.

"Are you a message from Leon?" she wanted to know. "Does he miss me so that he cannot live without me?" she asked as she embraced me. "Am I the love of his life?" she wondered out loud.

Diego appeared suddenly.

"Is that Carlos?" he asked.

"Yes!" Frida confirmed. "Carlos is back!"

Diego looked at Frida and then he looked at me.

"Ice pick," he said.

Then he turned and walked away.

# Louis Auchincloss
## and Cat

From my vantage point, a window looking down on Park Avenue and located on the fourteenth floor of the co-op at 1111 Park Avenue, the seasons are beautiful.

In winter, when it snows, the flakes fall like petals of silence, hushing the incessant sounds of traffic. In summer, an open window allows the air to circulate, high above the whirls of dust that New York traffic engenders. In the seasons in between there is the spectacle of transition, as the city and the life it harbors move from one extreme to another.

Louis thinks he owns me; I am possessed by no one.

As proof, I offer this single fact: I sit, upright, on a copy of *The Cat and the King*, his 1981 novel about the Sun King.

The Duc de Saint-Simon? Really?

It's rather affected for an American to fictionalize the court of the French King Louis XIV, is it not? Such fare is best left to self-obsessed French novelists. Americans seldom can carry off well that inexplicable sense of entitlement, which itself is hopeful.

That is why I sit on this book and watch the dust particles drift in the air. They look like tiny moths flittering about.

My friends call me Prissy, but you can call me Priscilla. That is my given name; Louis named me after his mother.

I am, on legal documents, Priscilla.

Now that you know my name, however, do not think you have license to call on me. I cannot have all manner of strangers calling on me, can I?

And if I cannot scratch through the current issue of the *New York Social Register*, first published in 1886 by Louis Keller, I cannot conceive of a reason why I would entertain your calling on me.

I yawn. I lick my right paw. I stare out the window.

On the shelf, near the sofas, are some of my master's best-known novels, *The House of the Five Talents* (1960), *Portrait in Brownstone* (1962), *The Rector of Justin* (1964), and *The Embezzler* (1966). God knows what any of them are about; I cannot read, and he does not read out loud. The only novel I know well is *Her Infinite Variety* (2000).

I would sit on the windowsill contemplating the world as it is lived along Park Avenue when he would open the pages and read to guests. Clara, the protagonist, marries Trevor Hoyt, a banker. Trevor fights in World War II, and he cheats on her with an Englishwoman in London. Clara takes a lover in New York during Trevor's absence.

Louis would look at me when he read the part where Trevor describes his unfaithful spouse as a common "war wife who cheats on her fighting husband."

In the world of humans, where one measure of morality applies to men and another to women, this makes Clara a "cool bitch" and Trevor the aggrieved husband.

I still do not know why Louis would gaze upon me while reading passages from that novel.

I do suppose, however, from the reaction this tawdry tale elicited from his guests, that there was truth in what Gore Vidal said of him: "Of all our novelists, Auchincloss is the only one who tells us how our rulers behave in their banks and their boardrooms, their law offices and their clubs."

It mattered nothing to me.

During the sweltering summer months, with the aid of several small fans placed in the corners of the room and with the windows open, enough cool air circulated that I was able to sleep in the afternoon in feline comfort. After my naps, I would wake and find him writing. I remember him sitting, quietly writing

*Manhattan Monologues* (2002) and *East Side Story* (2004), while I slid in and out of sleep, dreaming away the afternoons.

He was a quiet man, given to reserved and tempered conduct.

In my years with him, the only time I sensed uncharacteristic excitement was when word arrived in 2005 that he would be honored with the National Medal of Arts.

"It is about time that philistine Bush recognized me before I drop dead!" he said to persons unknown on the telephone.

Whatever he meant by that, I did not know, nor did I care to know.

I yawn. I lick my left paw. I stare out the window.

There would be only five more glorious summers and five additional long winters that I would enjoy from the luxury of 1111 Park Avenue, New York.

I cannot complain about my life after Louis, because I am not inclined to complain.

What I can say is that I do miss the occasional visits from his tailor to fit his suits. As the years passed, his suits had to be altered to his diminishing frame.

I yawn. I lick both paws. I stare out the window.

That is how we make our exit from this world over time, as we wither and shrink away.

One tailor's visit at a time.

It is important to remain, to the end, fastidious.

Or prissy, as in Priscilla.

*Story inspired by A.W.*

# 10 Machiavelli's Cat

The Master has arrived!

It is evening, but the day is about to begin.

Our house, though modest by regal standards, is very finely ordered. It is comfortable and clean, proper and peaceful.

My name is Prince, but even a prince is subject to a lord. If I were human, my lord would be God. But because I am a cat, my lord is Niccolò di Bernardo dei Machiavelli.

I call him Master.

Master thinks. Master ponders. Master writes.

This is how Master has explained his intellectual life: "When evening comes, I go back home, and go to my study. On the threshold, I take off my work clothes, covered in mud and filth, and I put on the clothes an ambassador would wear. Decently dressed, I enter the ancient courts of rulers who have long since died. There, I am warmly welcomed, and I feed on the only food I find nourishing and was born to savor. I am not ashamed to talk to them and ask them to explain their actions and they, out of kindness, answer me. Four hours go by without my feeling any anxiety. I forget every worry. I am no longer afraid of poverty or frightened of death. I live entirely through them."

While Master writes his manuscripts, I sit by the cast iron door that opens onto the terrace. The door is always ajar to let the cool evening air in and freshen up an otherwise stuffy room.

The night air of Florence is pure and refreshing. The night skies of Florence are crisp and clear.

Shooting stars cross the skies. I am yawning in the dark, my incisors visible in the moonlight.

I wonder what the night skies are like in the vast lands of the New World that lies across the ocean. They are said to be as vast as Europe.

"Now, in a well-ordered republic, it should never be necessary to resort to extraconstitutional measures," Master writes.

I want power. I long for tyranny.

I am a prince without a realm. I would like to rule over a princedom in the lands of New Spain or New Amsterdam.

"Let not princes complain of the faults committed by the people subjected to their authority, for they result entirely from their own negligence or bad example," Master has written.

I look at the starry night. I turn my head and I look at Master.

I shiver in disgust at the sight of him . . . I loathe him . . . and I loathe you!

With my claws I have turned the pages of *The Prince*, and I have learned much from it.

I suffer no flattery; I despise compliments; I am suspicious of the gracious.

"Men are so happily absorbed in their own affairs and indulge in such self-deception that it is difficult for them not to fall victim to this plague; and some efforts to protect one's self from flatterers involve the risk of becoming despised," Master has written.

Prince has learned.

I want nothing more than for you to cry yourself into submission. I want you to respect and fear me; your love and adoration matter not.

"Men have imagined republics and principalities that never really existed at all. Yet the way men live is so far removed from the way they ought to live that anyone who abandons what is for what should be pursues his downfall rather than his preservation; for a man who strives after goodness in all his acts is sure to come to ruin, since there are so many men who are not good," Master has written.

The terrace is adorned with flowering plants. The stone floors grow cold as the evening progresses. I look at Master, sipping cognac as he puts his quill down for a moment. I flash my incisors.

I turn once more and look at the night skies. There are shooting stars. I suppose they could appear as fire-breathing reptiles to the Chinese or fire-breathing feathered serpents to the Aztecs.

Interpretations are free for the making and give rise to all manner of opinions.

"The answer is that one would like to be both the one and the other; but because it is difficult to combine them, it is far safer to be feared than loved if you cannot be both," Master has written.

I shiver in disgust at the thought of you.

I am Prince.

# María Félix's Feline

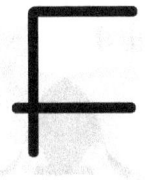ew are the days without milk and honey. Fewer still are the days without . . . *drama.*

It's not easy being beautiful. It's not easy being burdened by the responsibilities of exquisite beauty. Quite so.

*Cue: dramatic pause.*

I'm sure you are connoisseur enough to recognize real diamonds when you see real diamonds in my collar.

When one's mistress is the goddess of the Golden Age of Mexican Cinema, one languishes in the scent of seduction.

María Félix owns the Ashoka diamond, as flawless as my mistress! It would take Cartier Paris more than a year to create the serpent diamond necklace she commissioned in 1968. Of white gold and platinum, the completely articulated serpent was encrusted with 178.21 carats of diamonds.

I know. I have had enough time to count them!

María Félix has the custom of relaxing each afternoon. In her bedroom, by the window, she has a gorgeous chaise longue covered in silk cloth and pillows. She reclines in the most glamorous manner with dramatic flair, as if preparing for a close-up worthy of Marlene Dietrich or Greta Garbo, and she settles down for her afternoon siesta.

It is then that I make my way and rest my precious head upon her bosom, laying my left cheek over her heart.

When she wears her diamond serpent I am mesmerized by how the diamonds sparkle. I follow their light with my eyes, and it makes me happy.

She named me Ashoka because, María Félix said, I reminded her of a flawless diamond.

She smiles when I touch the diamonds as if I were trying to

catch the sparkles!

That's what I'm trying to do, but I can't let on.

Her husband, Alex Berger, does not approve of my resting on her bosom, "clawing" at her diamonds. She rolls her eyes.

"You have your thoroughbreds that you indulge," she says in my defense. "I have Ashoka whom I spoil because it makes me happy!"

Indulging the wishes of this feline gives my mistress pleasure.

Then, on occasion, she will say: *"Soy una feria . . . y necesito alguien que carge mi equipaje en esta vida"* (I am a virago . . . and I need someone to carry my luggage in this world).

Monsieur Berger says nothing. He walks over and kisses her on both cheeks, scratches me behind the ears, and takes his leave.

María Félix is as fierce as a panther. She has to be; that is what this world demands if one is to luxuriate on milk and honey.

You may think the vision of María Félix wearing an extravagant piece of jewelry in the afternoons while she rests on her chaise longue with a feline napping on her bosom borders on the obscene.

*Cue: dramatic pause.*

I know she doesn't care. Neither do I.

Her hand rests on my torso. My paw rests on her diamonds. The warmth of my body soothes her. Her heartbeat provides a rhythm that calms me to sleep.

After an hour's nap, we both are refreshed, ready to take on the world, whatever the evening and night bring our way.

Life is good.

This afternoon a man from New York called, asking if he could meet with her. His name was Thomas Hoving, and he wanted her opinion about some expansions contemplated for a museum in New York where he was director.

Can she give advice on how to make the museum's openings

more glamorous?

María Félix sat up, the telephone receiver in one hand while she held me against her bosom.

"Can I ever!" she replied, with a laugh.

Then she added: "Send a plane to pick us up on the fourteenth of next month, and I will show you how to make an opening into a social event that will be the talk of the town, Thomas."

A private jet from New York, on schedule, arrived for my mistress!

*Cue: dramatic pause.*

When you are this beautiful, the world wants you. When you are burdened with unrivaled beauty, the world beckons.

I suppose that, in New York, there are diamond-encrusted collars worthy of me, Ashoka, María Félix's feline.

Surely I am right?

# 12 Marilyn Monroe's Pussycat

I am the temple of all learning!

This coming from the purr of another pussy might seem an arrogant thing to say. Not, however, when it comes from me. It isn't a boast. It is a statement of fact: *I am the temple of all learning.*

In my time with my beautiful mistress, I became her muse. I had a lesson she had to learn. I would sit in a swath of sunshine for hours and contemplate her beauty. It was, for me, a meditation. And it was through my patient admiration, with my eyes fixed on her, that she learned to be gazed upon without becoming objectified.

For a mistress who lives life in the world's gaze, the power of meditation is the conceit of the spell cast. Once broken, one's mind and heart are no longer open, either to affection or disdain. Meditation casts the enchantment of disbelief.

*The enchantment is everything.*

Yes.

Spells render the world manageable.

Yes.

There is no greater strength than that which comes from letting go, from learning to accept the finality that comes from the final good-bye.

I would lie on a cushion and admire the table by the window. The sun would shine into the room. The table would glow. Stacks of books—Sylvia Path and Anne Sexton—compete with each other. Most tortured books containing wondrous meditations from the unhinged. Sunshine would bathe the books stacked upon the table in warm light and positioned near vases filled with flowers. Such fragrant flowers scent the rooms.

Books pass into oblivion and flowers wither. In time even

memory fades.

With time, freedom is born of measured reflection.

With time there come epiphanies. Once learning is passed on to another through the gaze of a pussy, it is not easily forgotten.

My meditation was her fortress. My gaze was the power of creation. My purrs were an incantation for freedom.

There's nothing left to teach.

I have bathed in the warmth of the sun streaming through all the windows of my mistress's gracious home.

> *There is no place left to lie.*
>
> *There is no crevice left in which to hide.*
>
> *There is no windowsill upon which I have not slept.*
>
> *My mistress has not suffered any loss over which I have*
>
> > *not wept.*

I taught her the power of transcending the suffering of the present for the serenity of the eternal. I taught her this through the elegant moves of a feline's body. This pussy was sublime, as well as a riot, in how I danced upon the furniture, as if on a catwalk, casting spells of enchantment.

This pussy was a temple of meditative silence.

The power of my mistress's creation comes from understanding the difference between creativity and self-destruction.

These lessons taught and these lessons learned, there was only one last lesson: *The finality of good-bye.*

It is then that I purred my last good-bye. And through an open window, I leapt and ran and ran and ran across the grounds surrounding my mistress's home. And in a moment more, I was past the gates and I ran and ran, faster and faster still.

Basking in the freedom and liberation of letting go of her, as she had let go of him, I ran and ran away from the fortress of her unmoored heart.

With my unwavering gaze fixed straight ahead, I ran across the street in the hopes of making it to the freedom of the other side.

# Master Edward Gorey and Cat

*I sit at the piano and I pound upon the keys,*

*I will make such noise as to bring you to your knees.*

How do you like that?

It took me almost a year to come up with that. What do you expect? I'm a cat.

My master is Edward Gorey, a somewhat disturbed homophile who indulges in vaguely unsettling narratives and predicaments that unfold in Victorian and Edwardian settings. He tried to deny he was sexually confused by telling writer Andrew Theroux, "I'm neither one thing nor the other particularly. I am fortunate in that I am apparently reasonably undersexed or something. . . . I've never said that I was gay and I've never said that I wasn't . . . what I'm trying to say is that I am a person before I am anything else."

*Yeah, he and Gore Vidal.*

What I can tell you is that I cannot imagine another creature in this world that spent as much time masturbating as Edward Gorey did. That poor man was a chronic, manic masturbator. Oh, of course, he was renowned for wearing many rings on all this fingers (except his thumbs) and heavy fur coats and tennis shoes. What most people don't realize is he would wear women's red panties and corsets underneath his fur coat. Women's red lingerie turned him on like you wouldn't believe.

I loved that about him.

From my favored spot upon the piano, I could see the back of his head as he sat on the sofa all the way across the room, opened his fur coat, and went at it: jerking off.

Then he would pick up the phone and talk to someone or other about the semiotics of dress as, fur coat open, he walked around the room wearing lacy crimson lingerie. When Victoria's Secret opened its first shop in New York, Master Gorey almost salivated in anticipation and excitement and sexual arousal.

I will tell you another secret: Master Gorey was a closet cannibal.

For my first birthday, he placed a baby cone hat on my head, which I hated, and he named me Mr. Anthro Pophagy.

(Yes, it is true. For the first year of my life I was without a name.)

Once named, I was overjoyed.

I loved the name. I spread my whiskers in approval. I loved the use of an honorific in my name! And what a name it was!

*Mr. Anthro Pophagy.*

Look it up!

I circled the contours of the piano in delight. Then, with no warning, he read a poem he composed for me. I still remember it:

> *My feline feasts on human liver.*
>
> *A morsel I do happily deliver.*
>
> *His tail shakes*
>
> *As he anticipates*
>
> *The cannibal who, with a knife, on command does sliver.*

There! I let myself out of the bag!

Yes, the hearsay is true: Master Gorey was fond of cannibals and often contemplated how human flesh should be prepared.

He wasn't simply an eccentric hirsute man who wore fur coats in the New York heat of summer, composing Victorian and Edwardian dystopian scenes of gothic romance. He was more than an odd, but otherwise ordinary, fellow.

He was an avuncular recluse of a cannibal.

There were many cats in his home.

I know I was his favorite, however. I know I was his muse. He would come over and scratch me behind the ears and I would moan ever so. "Yours are long-drawn, hoarse erotic sighs," he would say, smiling, scratching me behind the ears and moving away.

The other cats he would shoo away from the furniture. But I can tell you this: I was the only one allowed to perch upon the piano.

And I was the only one who consumed human flesh for dinner.

That he, to me—a doubtful guest if ever there was one—did deliver.

*Story inspired by A.W.*

# 14 Mrs. Kennedy's Cat

I wish I knew the comfort of faith.

How can my mistress know the comfort of faith?

I have contemplated that smile across her face while tears appear in her eyes.

Here I lie, as despondent as a dog, by her side. In all her sadness, which is my own, I, too, am forsaken.

I wish I knew the comfort of faith.

How can my mistress know the comfort of faith?

It was in those dark days in November 1963, as the sunlight shortens in anticipation of winter, that Mrs. Kennedy remained aloof and distant. She no longer looked at me while she caressed my head and body; her hands went through the motion of a caress, but it was not as before.

It was no longer as it was before Dallas.

Yet she remains steadfast in her faith. She believes one day she will be reunited in paradise. She speaks out loud about it. She tells that to her two children.

They resist and slip from her embrace.

Then she stands and walks away. She gazes out the window at times. She wanders to her desk on occasion. She looks at the piles of letters and news clippings that accumulate on her desk.

Only one stands out, which is the one she picks up, reads, and reads once more, while I caress her ankles and shins with my body.

Writing in the *London Evening Standard*, Lady Jeanne Campbell declared: "Jacqueline Kennedy has given the American people . . . one thing they have always lacked: Majesty."

These days blur into one. These nights are cold, untrustworthy.

It is in this pain, so dark, so raw, so intense, that I cherish her more than I ever have. I ache at the sight of her face, and it is only when I can touch her that I find the strength to soldier on to the morning light.

*I would gladly trade all my lives to bring him back to her!*

Yet I am confident that there will come the day when my mistress will laugh once more. Yes, that day will come.

When it does, it will be majestic.

I am Mrs. Kennedy's cat. And my mistress is majestic.

*Story inspired by A.W.*

# 15 Murasaki Shikibu's Cat

There are times when parents are unkind, not because they intend to be, but because they do not express themselves with care.

I am Lady and my mistress is the Lady Murasaki. It is the first year of the tenth century, Common Era, and we live in Japan. Word has come from the Imperial Palace that Empress Akiko wishes Lady Murasaki to accept the honor of being a lady-in-waiting at the imperial court.

It brings the Murasaki household much happiness to learn of this development. Shikibu held me in her arms upon hearing the news and said, "Lady, we have been looked upon favorably by fate. We must be humble to honor this opportunity. We will now live in the imperial household!"

This cat is smart enough to know that Lady Murasaki's father probably regrets having said an unkind thing to her years back. He didn't intend to hurt Shikibu's pride, but he did. Here is how it happened: amazed at her intellect and how quickly she learned compared to her brother, her father said, "If only you were a boy, Shikibu, how happy I should be!"

Shikibu smiled and was gracious, but afterward she cried herself to sleep as I lay on the tatami mat next to her. I licked the tears that blotched her face and hair. She cried because she no longer wanted to be a girl, since her father could not be proud of her.

It was a child's immature lament. I tried to comfort her as well as I could. I am, after all, a lady.

That was, of course, years ago. As Shikibu grew up she learned that parents can say things they come to regret. Shikibu, when she became a mother herself, soon learned that no parent is perfect and every parent has spells of self-doubt. She loved her daughter much, and she endeavored to be a wise parent to the best of her abilities. She still doubted if she was always correct.

It was, however, during this glorious Heian period in Japan that Shikibu blossomed into Lady Murasaki and was summoned to the imperial court as a lady-in-waiting, a life that afforded her hours of leisure in the late afternoons.

It was during this time that we would retreat to our chambers, Lady Murasaki and I, to contemplate the world and its layers of meanings. Dressed in her silk kimono, she would recline on pillows in a corner, and I would scratch the tatami mats before approaching my mistress and snuggling next to her. I would rest my head on her ankles. She would caress me when she took a break from her writing.

In her diary—I confess I pawed at the scroll until it rolled open—one entry read: "It was indeed a moment in the history of our country when the whole energy of the nation seemed to be concentrated upon the search for the prettiest method of mounting paper scrolls!"

Was it a task to roll it back up!

To this day I do not understand how she never found out. I suppose my lady was too concerned with the affairs of the imperial court to notice this pussycat's mischief!

"Lady, you are my confessor," Lady Murasaki would tell me, holding me against her bosom. She would kiss the top of my head and place me on the tatami.

Then she resumed her writings. If you must know, she was telling a tale she spun from her close observation of the imperial court and her vivid imagination. When I purred next to her, her hand would caress my head. The words flowed into sentences. The sentences followed one after the other in a narrative. The narrative would be assembled into an epic story: *The Tale of Genji.*

I meowed as Lady Murasaki read passages of her novel out loud. She intended it to be read out loud to small groups of people who would assemble for green tea and assorted mochi rice cakes. At times, other ladies-in-waiting would gather in Lady Murasaki's chamber. Cups of green tea would be served and the selection of mochi would enliven their mood.

Lady Murasaki would stand and read:

> In a certain reign there was a lady not of the first rank whom the emperor loved more than any of the others. The grand ladies with high ambitions thought her a presumptuous upstart, and lesser ladies were still more resentful. Everything she did offended someone. Probably aware of what was happening, she fell seriously ill and came to spend more time at home than at court.
>
> It may have been because of a bond in a former life that she bore the emperor a beautiful son, a jewel beyond compare. The emperor was in a fever of impatience to see the child on the earliest day possible. When he was brought to the court, the paulownia was full in bloom in the garden . . .

I sat upright. I was proud as I witnessed the spell under which she held her audience. Her words enthralled these ladies-in-waiting and I was sure they would thrill multitudes for centuries to come.

My beautiful mistress had the gift to enchant, as do all proper ladies, regardless of their species.

*Story inspired by A.W.*

# 16 St. Martín de Porres's Kitten

**D**onación is my name. I am a kitten. And I can fly.

You don't believe me? You don't believe a kitten can fly?

Well, you are mistaken. I *can* fly and I will show you!

But before I do that, you have to understand where I am and who is my human companion.

I cannot call him master! He hates that. It's probably because his mother, Ana Velázquez, was born into slavery in a place called Panama. His father, Juan de Porres, a Spanish nobleman, abandoned them soon after Martín's birth.

Not all noblemen are noble.

Why would a man walk away from his son and the mother of his son? Some say it is because Martín's mother had been a slave. Others speculate it was because she was colored. There was a strong sense of entitlement among European Caucasians in Spanish America in the sixteenth and seventeenth centuries, especially in places like Limá, which would become the capital of Perú centuries into the future. After she had been left alone and destitute, Ana Velázquez supported herself and the young Martín as a laundress. Mother and son lived in relative poverty and in constant need.

I'm probably a mixed-race cat myself! I have white fur and black fur. I think I look handsome!

Being black and white is different if you're a cat than if you're a person. If you're a cat, it makes you adorable. If you're a person, it can confine you.

It was his family's poverty that motivated him to volunteer, at the age of fifteen, to work for the Third Order of Saint Dominic. He was accepted as a servant boy. But Martín was very smart, and the prior of the Holy Rosary, Juan de Lorenzana, was very Christian. He recognized something different about Martín and allowed him, in violation of the law barring mixed-race persons from so doing, to profess vows to the Dominican Order as a lay brother.

It was then that the Holy Spirit possessed Martín.

It was then that miracles began to take place.

The first miracle was something inexplicable to this day.

One day, the Dominican brothers realized there was an infestation of mice in the monastery and that these pests were making their nests in the folds of the linen robes, some of which were very expensive. It was said that the cost of one robe could feed several families for more than a year. They had hundreds of these linen robes. The plan was to poison the mice to rid the property of the infestation.

Martín was opposed to the plan to kill the mice.

Do you suppose he wanted them around so I could practice my hunting skills?

No, that's silly!

Martín didn't want me to kill the mice. He didn't want any harm to come to them at all.

So he went to the armoires where the linen robes for the sick were kept, opened the doors, and got on his knees. He spoke to the mice, asking them, "Little brothers, why are you and your companions doing so much harm to things that belong to others? Look: I shall not kill you, but you are to assemble all your friends and lead them to the far end of the garden. Every day I will bring you food if you leave the wardrobes alone."

In an instant, the room came alive as hundreds of mice scurried about, making their way out the door, down the corridor, and into the gardens surrounding the monastery. Martín kept his word. He would venture into the gardens to feed the mice every morning. I would trail behind him and watch. The mice knew that I just wanted to play with them and not harm them in any way.

The Dominicans didn't understand how a colony of mice could live in the gardens without there being an infestation in the monastery. They were more confounded by Martín's ability to raise his hand and hold the mice at bay.

I didn't care. It was fun. It was such fun to have so many small creatures with whom to play in the gardens!

Well, that's not *entirely* true. There was one creature, a brother, who insisted on inspecting me for fleas and ticks after I'd been in the garden with the mice for a long time. How embarrassing!

Communicating with rodents wasn't the only miraculous power Martín had.

He had the power to levitate! He could defy gravity and fly inches above the ground.

I clung to his robe! I hid in his pockets! I snuggled inside his hood! I did what I could to be on his person when he was about to levitate.

I don't know how, but I knew when he was about to do it.

Moments before, possessed by the Holy Spirit, he levitated; I clung to the robes of this man who would one day become St. Martín de Porres, the patron saint of mixed-race people and those who work for interracial harmony.

The moment he did, I was in flight!

We rise above the pettiness of the world in defiance of gravity and bigotry.

Miracle of miracles.

# 17 Savitribai Jyotirao Phule's Cat

I dance, alive and free!

I dance on my hind legs, reaching for the heavens with my paws!

I dance surrounded by sheaths of veils.

The colors of India are the colors of exuberance! They are the colors of life!

I am a joyous cat, and my name is Saraswati.

My mistress is Savitribai, and she loves me very much. Each morning, as she prays, I approach her and am mesmerized by her devotion.

She asks for one thing and only one thing: strength to open the first school for young girls under the British Raj.

As the veils in my mistress's home flow in the afternoon breeze, so do the curves of my body as I dance across the floors. In case you don't know it, Saraswati is the name of the goddess of learning. In mythology, she is associated with the flow of water. As water flows over the graceful curves of the female body, so does learning flow over the minds of students.

My mistress's parlor is draped in translucent bolts of red and orange and marigold. They filter the sun's light through the windows. In the morning the colors are vibrant and dazzle; in the evenings the colors are robust and strong.

It is my joy to take flight and run madly across the room, among the veils, and scamper about with dizzying speed. Darting across the room with unfettered exuberance and randomness fills me with joy.

I rush to one corner, and then to the other. I hiss at imagined prey or pretend to escape threats. I scurry as I dart and leap with the happiness that comes from being alive.

It is a celebration of vitality, and it makes the veils move as if in a whirl of light, translucent and ephemeral.

Savitribai does not know what to make of it. She sits in silence as she meditates, offering incense to the goddess of learning.

The goddess after whom I was named hears her prayers and replies in the affirmative.

Oh, it is enough to make one dart across the room in frenzied dance and joy!

It is 1852, Savitribai is the first female teacher in the British Raj, colonial India, and she is overwhelmed with gratitude: she is about to open the first school for girls from the untouchable caste.

There will be much resistance. Stones will be pelted at her and her pupils by those who refuse to accept that women are entitled to learn.

It makes no difference.

As the Ganges flows through the lands of India, so does the goddess of learning flow through the desires of women in India.

The years pass, and Savitribai endures the insults of misogynists, the stones of bigots who believe in the caste system, and the disdain of those who want to uphold the more repressive measures of Indian life under the British Raj.

With the blessing of the goddess, the school prospers and young women come into their own.

There are many challenges, and the British Raj is almost brought to its knees by pestilences. The Great Plague of 1897 descends upon India.

Some blame women. Others blame the British.

Through it all, Savitribai and her husband, Mahatma Jyotirao Phule, endure as the Ganges endures.

The morning sunlight and afternoon sunset dazzle through the windows of their home. The rich hues of vibrant life billow in the breezes. I scamper with abandon amid the veils, my shadow visible through the transparent swaths of cloths.

It is not a boast when I say that my feline movements, my daring darting, and my shadows projected through fabric are the stuff of poetry.

Indeed, Savitribai begins to compose her own verses in the tradition of Marathi poetry; she is destined to be remembered as a pioneer modern Indian poet.

I am her joy!

She looks across the body of the goddess Saraswati and it is like looking at the supple curves of a feline's body.

Blessed are the poor! Blessed are the untouchables! Theirs is the whole world and the wonders therein!

I dance and I prance amid the veils of color that billow in the currents of the Indian breezes.

All this time the Ganges flows without pause until it reaches the ocean.

Despite the obstacles thrust in our paths by men, young women are taught one by one.

One classroom by one classroom.

One caste by one caste.

And I dance as the river of veils flows over my body. The veils caress me as they sway in the breeze I am making!

She teaches! They learn!

One girl by one girl.

One by one.

# 18 September's Cat

I am basking in the sun that streams through the window. It is a warm sun on this cool fall day.

In New York, one is fortunate if one's windows are not shadowed by towers.

My master would delight at this sun streaming through the windows, but he remains absent from our home. He is not here and I miss him.

My bowl is empty of food, and I have lapped the last of my water. For now, only the sun offers companionship.

I lie on the bed in a swath of sun as I drift to sleep. I have tried to remember where my master went; Víctor can be like that, just disappearing for a day or two without much warning. When he does go off, however, he usually fills my bowls to the top.

He will be back. He has always returned to me. I'm trying to remember another September when Víctor, that tender fellow, just vanished like that.

I can't remember.

Forgive me if I'm sleepy. I am tired and I feel weak. I am not used to the bright sun streaming through the window, warming our room with so much sunshine now that we are in the shadow of no towers.

I rest my head on the pillow. I feel myself, ever sleepier, drift in and out of consciousness as I try to remember another September and cannot. Dreams I have long kept beside my pillow now seem to fade as I try to remember things.

All I know is that it's been days since the candle for the Virgin of Guadalupe has been lit.

And then, suddenly, I hear a pounding at the door!

"Víctor," a man's voice shouts as he pounds furiously at the door. "Víctor! Víctor! It's the superintendent! Are you there?"

I try to rise, but I stumble and lose my footing. All I can manage, for some reason, is a weak meow.

"Víctor! Please be there!" the superintendent shouts as I hear a rustle of keys.

There are other voices in the hall. I try to meow.

The doorknob makes a noise as the locks are opened. A passing glance confirms it is the superintendent. He is trailed by strangers. I lift my head from the pillow and meow.

They search our small apartment. One man wears a uniform that says Local 100. Another holds a clipboard that says Hotel Employees and Restaurant Employees Union.

I manage another weak meow.

The superintendant comes toward me, sits next to me, and breaks down in sobs.

"Oh, God, please, no, it can't be!" he says as he cries, his hands covering his face.

One of the strangers reaches for me, picks me up, and whispers, "You poor cat, you are dying of hunger!"

I am?

He carries me to the kitchen. He finds my food, opens the can for me, and places it on the counter. He moves to the faucet and fills a small bowl with water.

*Food. Water. Sustenance.*

Another stranger reaches for his cell phone.

"We're inside. He's not here," he says to someone. "The super let us in."

The men confer. The superintendent is trying to get it together and answer a few questions.

"He was scheduled to work the kitchen on the eleventh," one of the strangers says to whomever he's speaking on his cell phone. "He was paid cash, so paperwork was minimal. But he was at work all right; his absence here confirms it."

As I eat and drink, the men begin to move carefully, taking

pictures and looking for papers.

The superintendent sits on the bed and turns toward the windows that let the bright sun shine through because we are now in the shadow of no towers. Tears stream down his face.

And this much I know: *Víctor Martínez Pastrana will not be returning home to me.*

# 19 Shosheng I's Cat

Bastet is my name and I am a goddess.

This is the New Kingdom in Egypt and Shoshenq I rules.

And I rule him.

To be sure it is a good thing to be a goddess of pharaohs. It is a better thing to be revered by a cult of worshippers. It is best to have a ceremonial center, Bubastis, raised in your honor near the Nile delta.

Along with Sekmet, we are together the Eye of Ra. Upon humanity we bestow protection, fertility, motherhood, and the benevolence of the Sun.

Revere me and you will be protected as cats defend their homes. Venerate me and women shall be as fertile as the delta and give birth to your issue. Pray to me and the sun shall shine brightly upon you as beams of sunshine warm the bodies of felines who repose in leisure all the days of their lives. Do these things and you shall be worthy of my blessings the way I have blessed the obedience and devotion of Shoshenq I's adoration.

*Stand in awe of me. Honor my image. Bow out of respect.*

I feed on your adoration and devotion. I yearn for your awe and reverence. It is only natural that a goddess of my powers demands nothing less.

My cherished subject, your pharaoh, Hedjkheperre Setepenre Shoshenq I, is as ferocious as a feline. He should be; I watch over him.

His achievements are described in the Old Testament. Kings 11:40, 14:25, and Chronicles 12:209 recount how he invaded Judah when Rehoboam ruled and how he seized the treasures at the temple Solomon raised. His reach would extend past Megiddo in the Kingdom of Israel to Byblos in Lebanon through to

Philistia and Phoenicia. Shoshenq I was blessed with the strength of a lion.

One son, Osorkon I, would rule as pharaoh after him while another son, Input A, would become the high priest of Amun at Thebes. His third son, Nimlot B, would be appointed leader of the army at Herakleopolis. Such is the strength that comes to those who worship this goddess.

Shoshenq I's palaces in the city of Herakleopolis Magna, where his family settled after their arrival from the Libyan lands to the west, were home to the many cats he loved and for whom he cared. Servants were assigned to feed and brush his domesticated felines. Slaves were ordered to clean up after the cats performed their ablutions. It was state policy to encourage the Cult of the Cat.

In return—*the myths are true*—I would manifest myself as a cat at sunset. I would appear at the foot of Shoshenq I's bed. He would pat his hand gently on his bed. I would leap and sit by his side.

"Bastet," he would say, "you have come to counsel me this evening."

He would rise and walk to the window, with the breezes of the Nile far below.

"What wisdom will you reveal tonight?"

I would look up at him without saying a word.

Our eyes would meet. And the moment they did, Shoshenq I knew what I wanted him to hear and understand:

*I am Bastet and I shall protect you as a mother cat protects her newborn kittens.*

# 20 Sor Juana's Gatito

I t all comes back to me.

I claw at the sisal cord. It swings away. But it comes right back to me.

Sometimes I sit upright and try to grasp that stubborn sisal cord. But I can't claw at it with too much strength; the cord goes all the way up to the belfry, and I have been known to leap and cling to the sisal rope with such force that I have sounded the church bell!

Not bad for a *gatito*—a kitten. If I can do that now as a *gatito*, can you imagine when I am a grown-up *gato*—cat?

Sor Juana, my mistress, admonishes me for being mischievous.

She should talk!

Say what you will, the archbishop of México has yet to condemn me for my feline "waywardness." Sor Juana Inés de la Cruz, a Hieronymite nun here in New Spain in the second half of the seventeenth century, has been so admonished.

I really don't understand why.

She whispers that they are jealous.

"Who?" I purr.

"*Los hombres,*" she replies. "Men."

Are they jealous of her beautiful black hair that drapes around her shoulders? Are they jealous of the perfumed garments she wears?

"No, *Tonito,*" she says, using the diminutive of my proper name, Antonio. "They are jealous of my mind."

She named me in honor of the viceroy, Antonio Sebastián de Toledo, the second marquis of Mancera, a Grandee of Spain who governed New Spain between 1664 and 1673.

He held a dim view of women learning.

I really don't understand it: Everyone wants their daughter to learn to read and write. But no one wants women to compose original texts. Juana Inés had to ask her mother for permission to disguise herself as a boy in order to attend the university in México City. Her mother consented. The university in Mexico City was the first university established in the New World.

"What makes boys so special? I'm a male kitten, and I don't think I'm any better than the female kittens here in the convent!" I once asked.

We sit in the belfry, overlooking the town. She dangles the sisal cord that goes all the way up to the church bells.

"Boys have penises," she whispered, giggling. "That's what makes them special."

She dangled the sisal cord again. She giggled.

*That little fleshy thing that dangles between our legs? Much ado about almost nothing!*

She had to cut off her hair and stuff the crotch of her pants to disguise herself a boy. They caught her anyway. Her voice betrayed her; she was expelled. But it caused such a scandal that she came to the attention of the viceroy and the archbishop!

The vicereine Leonor Carreto was instantly enamored by Juana Inés's intellect. Her husband, the viceroy, was not amused by any of it. He wanted to challenge my mistress, then seventeen years old. The viceroy summoned jurists, philosophers, theologians, writers, and poets to test Juana Inés's knowledge of the world and the things in it. With no formal preparation or written notes, she was able to answer their questions correctly, using her knowledge of facts and sound logical deduction.

The vicereine Leonor ended the inquisitorial proceedings by applauding, shouting "Brava," and showering Juana Inés with roses.

The men's faces were grim; they were not amused.

Leonor then handed Juana Inés a basket. I was in that basket!

That's when I became Antonio. That's when the vicereine

promised to look after Juana Inés's education. That's when the archbishop denounced her as a wayward child.

Juana Inés became Sor Juana when she entered the convent of the Hieronymite nuns. In time she would become a poet of the Baroque school and one of the greatest writers of Spanish America.

Her words on paper will be called poems. Her poems will be called literature. Her name will be remembered and honored forevermore.

She watches me as I play with the sisal cord.

She composes a letter that she has titled "Respuesta a Sor Filotea," or "Reply to Sister Filotea," a defense of the right of women to pursue an education and to compose original writing. She knows she risks incurring censure if she is not careful in how she chooses her words.

When she is pensive, her eyes close to a squint. She scans the distance as she tries to find the words to express her thoughts.

I also squint when I rise on my hind legs and prepare to lunge at that sisal cord. No matter what happens when I lunge, I know Sor Juana is there to protect me.

She was there watching over me when I was a kitten.

And she is still here watching over me now that I am a full-grown cat. I am almost as big the sister's midriff who spends her days baking chocolate chip cookies and has the girth of a pregnant woman!

Sor Juana's definitive statement of the right of women to pursue knowledge with the same liberty afforded men will be remembered by history as "Yo, la peor de todas," or *"I, the worst of all the women."*

There!

I lunge, but my right claw gets caught in the sisal fibers, and I end up swinging back and forth with such vigor that my muscular weight and powerful momentum make the bells toll. Juana instantly grabs me and we are off.

Sor Juana remains there to watch over me!

I can hear the nuns—not mother superior again!—run up the stone stairs. Their wooden clogs are like a stampede upon the stones.

They know that where there's trouble, they will almost always find Sor Juana.

One way or another, trouble always seems to follow us, this silly cat and his mistress, Sor Juana, who is as ferocious as a tigress.

Let the bells toll! Let the nuns run after us!

Sor Juana will always be far ahead of them all.

# 21 T. S. Eliot's Kitten

I sit upon his head.

That is how light I am. That is how silly he can be.

His hair is slippery; I can slide on it. It shimmers.

My name is Munkustrap and I am light as a kitten, probably because I am a kitten.

The man on whose head I sit is Thomas Stearns Eliot, my master. He, in turn, sits in a room, arranging words on paper to make points. I think.

This is my favorite game, balancing myself atop his head.

It amuses him to hear me meow in my high-pitched voice. It is fun to keep my balance as he moves his head.

Do you suppose my sitting on his head affected his judgment?

"A Catholic cast of mind, a Calvinist heritage, and a Puritanical temperament" is how he described himself.

In brief, a *complete* mess!

He spoke of the world around him thusly: "I hate university towns and university people, who are the same everywhere, with pregnant wives, sprawling children, many books and hideous pictures on the walls . . . Oxford is very pretty, but I don't like to be dead."

In brief, a *misanthrope*!

Tommy—that's what I call him—is a man conflicted.

Tommy here sits, with me, a mere kitten, on his head as he tries to commit his thoughts to words, arranging them in ways that have never before been arranged so they will allude to how others have, in the past, committed their own thoughts to words on paper.

A door opens and a woman enters. She brings him tea and biscuits. She brings me a saucer with cream. He is, by his own admission, "very dependent upon women." This is a self-serving way of saying he will not indulge in doing any household chores at all and expects to be served as if he were a lord.

I'm grateful to be a male cat, since were I female, I suspect he'd have me do chores around the house, such as hunting down mice.

Tommy does like to be pampered and served.

At that, in fact, he excels. Apart from sitting in such a way that I don't fall or slide off his head, well, that's physical activity enough for him. He is not inclined to take a stroll along the shoreline.

He teaches at Highgate School, which is not known for encouraging athleticism.

Pity. He could stand to do a few push-ups. The only thing he pushes up is a cigarette to his lips. The only thing that causes him to breathe deeply is a shot of opiate.

For a man of Puritanical sensibilities, he certainly indulges habits that end in chronic and debilitating chemical addictions.

If this is how the prime of his life begins, then you know how the story will end.

He thinks I am only capable of purring, but that's not the case. I can transmit ideas to him. Tommy will place me on the desk. I will lap at the cream served me and then I will approach his ear. I will rub the back of my head around his ear and I will purr.

In that purr, which only he can hear, I transmit an idea he will think is his own.

Today, I purr thusly: "Shakespeare acquired more essential history from Plutarch than most men could from the whole British Museum."

What a grandiose, if not outright pompous thought to put into anyone's head!

Low cattiness!

I wonder if he will commit that to paper.

After I purr near his ear, he lifts me once more and places me on his head.

I am the Cat on His Head. Or am I the Cat as a Hat?

He moves his head unexpectedly. I slide on his pomade and I fall to the table. I struggle to right myself, and there, in my peripheral vision, I see the glimmer of words on paper, a simple thought that I put in his head as a joke, committed to paper!

It's an idea that occurred to me when I learned that our sunrise is someone else's sunset and our sunset is someone else's sunrise. I thought about it for a while, trying to make sense of the way our orb rotates on its axis.

I purred my observation into his ear, a feline's mocking of humanity's vanity.

Indeed, I did lean over and purred into my anglophone master's refined ear, that ear of Calvinist birth, Puritanical temperament, and Catholic sensibility.

And there! Now it is on paper!

*In my beginning is my end. In my end is my beginning.*
*No shit, Sherlock!*

Put that platitude on your tombstone!

# Tallulah Bankhead's Puss

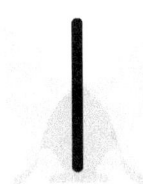'm in love!

Always, everywhere, I'm in love. I love black and I love white. I love water and I love fire. I love health and I love heart attacks!

I love the thought of you! I love the thought of me! I love the thought of thoughtfulness and I love the thought of thoughtlessness!

It is night and I am on a terrace. The moon lights up the gardens and in the distance I see suitors, cats from all stations in life, circle the perimeter of my mistress's estate.

I am Wanton.

As a noun, it is my name. As an adjective, it is my vocation.

It is as Mr. Webster defined it. Wanton: sexually lawless or unrestrained; loose; lascivious; lewd; extravagantly or excessively luxurious, as a person, manner of living, or style.

I'll bet he was a good lay. I'll bet he bestowed decadent gifts.

My mistress, Tallulah Bankhead, is great at giving head, and you can take that to the bank.

How do I know?

My eyes have seen the glory of so many lords and squires, actors and tycoons, philanthropists and philanderers who have marched through her bedroom doors!

In 1932, when she was interviewed by *Motion Picture* magazine, she caused a scandal when she told the interviewer the following: "I'm serious about love. I'm damned serious about it now . . . I haven't had an affair for six months. Six months! Too long . . . The matter with me is, I WANT A MAN! . . . Six months is a long, long while. I WANT A MAN!"

Her sexual appetite resulted in her being called a nymphomaniac by the kind. She was more renowned for being a slut. As if that was a bad thing!

"Imitation," the clever Charles Caleb Colton stated, "is the sincerest form of flattery."

I flatter my mistress; I am a feline slut.

*I love the way you caress me one moment and the way you break my heart the next.*

That's what I tell my male suitors.

*I'm in love!*

They believe my white lie. They look at me with starry eyes. These poor deluded felines who meow at the moon and dance under the moonlight believe a Wanton lie.

I envy my mistress. Human males have greater freedom. They buy her drinks, they bring her flowers, they proffer chocolates, and they place stimulants at her disposal.

"Cocaine isn't habit-forming and I know because I've been taking it for years," my mistress is fond of saying.

I have sniffed cocaine and it made me sneeze.

"It's such an endearing sight to see you take cocaine in the middle of the night, gearing up for another round of loving and love-making and heart-breaking," she is fond of saying with a laugh, pouring champagne while the man, Tonight's Special, serves up whatever is needed to accompany the few lines of cocaine she required in order to be thrilled by another orgasm.

And the world continues on and on and on and on.

These are the contours of my body. These are struggles of my life. These are the world's ills I banish from my mind as I arch my back and stretch my claws; my silence fills the concerns no feline should entertain, I tell one suitor who beckons closer this evening.

*Is it wrong to make love to all but to love no one?*

"A lot of these impromptu romances have been climaxed in a fashion not generally condoned," my mistress once confessed as I sat on her dressing table while she applied lipstick. "I go into them impulsively. I scorn any notion of their permanence. I forget the fever associated with them when a new interest presents itself."

I hope it's going to be all right, this thing, this burning, tingling sensation in my loins.

In the moonlight I can see many things. In the darkness of night I have felt many pleasures. I love the thought of thoughtfulness!

I love the vision of a saint walking into the sea with no turning back. Oh, virtuous: Die!

I hope it's going to be all right. I love the thought of thoughtlessness!

What's there not to love about hedonism?

*Codeine . . . bourbon . . .*

I love them both.

In my manic, exhilarating way I am in love with the essence of life!

That's the meaning of my life. That's the meaning of my name . . .

Wanton!

*Story inspired by A.W.*

# 23 Tennessee Williams and Cat

I am, by all accounts, beautiful. I am Miss DuBois.

I am a feline. I am more than that, however. I am an acute observer of Homo sapiens, the animal companion that amuses me the most—and provides for my material needs.

My master is Tennessee Williams. He is a wonderful man who lavishes attention on me, as he should since I am, by all accounts, beautiful.

Do not think me haughty or arrogant. That I am, by all accounts, beautiful is not my fault. And I do not take credit for my beauty. It is a gift God bestowed upon me.

It is not my intention to be vain. I am just honest.

Of course, as a feline raised in the American South I do adhere to certain genteel protocols of a proper upbringing.

Foremost, I try to be kind to everyone, feline and human alike.

It is my genteel manner of being, but I must confess that it is a rare trait. Not every feline in the world is as gracious as a cat raised in a proper American Southern home. Not every cat is fortunate enough to have been brought up in a home with no tin roofs!

I will tell you this much. It is about my master, Tennessee Williams. If, by all accounts, I am beautiful, then he, by all accounts, is kind.

His kindness is most in evidence in the attention he lavishes on his sister, Rose. She is an idiot—in the strict sense of the word.

This is what happened—and it is tragic.

When she was an adolescent, Rose, like every adolescent in

the world, began to discover and explore her body. This is natural and this is a healthy part of puberty. One day her mother, Edwina, who had a very narrow view of sexuality, walked into Rose's bedroom when Rose was masturbating. Horrified by the thought of it, Edwina was convinced her daughter was either possessed by demonic forces or mentally ill.

It's important to understand the time and place. This was in the 1940s, when female sexuality was repressed in the United States. The freedoms of a previous generation had given way to wartime censorship and the repression of liberties associated with the 1920s. The most ferocious form of repression was through the Hays Code, which imposed a program of self-censorship in the entertainment industry. From 1930 until 1968 the Motion Picture Production Code applied a puritanical cultural terrorism on American society. That, and the repressive nature of Episcopalian teachings in the American South, convinced Edwina that there was something terribly wrong with Rose.

She spread rumors about her daughter. She convinced family members that Rose suffered from schizophrenia. She hated what her children, to her way of thinking, were—a nymphomaniac and a fag. Edwina was unkind. Her disappointment in her children ended in tragedy. She submitted Rose to a lobotomy in hope that the girl would forget the freedom that comes when a woman is in full control of her body, including her sexuality. It ended horribly; Rose was institutionalized, and Tennessee spent the rest of his life taking care of his beloved but idiotic sister.

In the decades that followed, through all the lives I have lived as a cat who has nine lives, Tennessee was a steadfast and brave brother, extending every kindness to Rose.

Was Tennessee a perfect man?

No. No one is perfect. He drank too much. He constantly fought with one of the greatest loves of his life, Pancho Rodríguez y González. Their relationship, although tumultuous, endured for more than half a century.

Drinking was not his only fault. Tennessee also became dependent on drugs. He lacked discretion: when he traveled to New York he had lunch with people like Andy Warhol!

Imagine that!

But to his sister, he was always kind.

Everyone commented on his loyalty to her—and his loyalty to me.

"Still with that same old cat?" some smarmy women would say about me.

"Miss DuBois defies the decades!" he would reply in my defense. "Her love, not her age, is what matters to me."

His devotion to his sister and his adoration of me were splendid.

Many human beings found that strange. Many commented on how his lack of selfishness was peculiar. Others found his love for those in his life odd.

I found such attitudes offensive. I found such lack of generosity demeaning. I found the assumption that one had to be selfish an ungracious quality.

Whenever anyone made such a comment I, sitting upright, would lick my paws and look away.

It made me blue with sadness to hear such wicked words.

Where Homo sapiens is concerned, I have but one observation with which to leave you: *I have always resented the strangeness of kindness.*

*Story inspired by A.W.*

# 24

# Truman Capote's Pussy Gato

Without a doubt I must have been one wicked cat in my previous eight lives!

There is no other explanation. There is absolutely no other explanation for this living hell of having to be this old drunk's cat in my present life.

I sit. I stare. I lick my paws.

I dare not move, lest I incur the wrath of this monstrosity of a human being to whom I have been consigned.

Fate. What an ass!

I do suppose it is true that I could run away. But such an act would show more than just imagination: it would require initiative.

Besides, I am not convinced of my ability to survive on my own. I am also not inclined to contemplate a future without the caviar that Joanne Carson sends to my master several times a year, and which finds itself into my mouth by way of a sterling silver Gorham Chantilly Gumbo spoon he keeps on hand to feed me treats.

Does this make me spoiled? Does this make my dependency on my nonfeline companion an unhealthy relationship?

Let me ponder this while I lick my paws, yawn, and stare right through you.

I'm done. I've reached a conclusion: who gives a damn?

Provided my needs are met and I can continue to look upon my master with disdain, then it isn't an unhealthy codependent relationship.

He merely exists to ensure that my needs are met. His needs

can be taken care of by a bartender, a pharmacist, and a hustler.

Oh, I almost forgot: and a wealthy socialite fag-hag who supplies gourmet morsels and refined delicacies to savor.

Once upon a time I thought we could have had it all, as far as human-feline loving relationships go. But that dream came asunder by his sickness. How his dependency on pharmaceuticals and alcohol began is something I no longer can remember; it seems like a vision from a previous life.

Of course, were I inclined to entertain guilt, I suppose I indulged in fantasies.

My own self-delusion was something out of *Breakfast at Tiffany's*. You remember the scene where Holly Golightly says of the accidental feline in her life:

> He's all right! Aren't you, cat? Poor cat! Poor slob! Poor slob without a name! The way I see it I haven't got the right to give him one. We don't belong to each other. We just took up one day by the river. I don't want to own anything until I find a place where me and things go together. I'm not sure where that is but I know what it is like. It's like Tiffany's.

Oh, of course I was attracted by the amusing vision of Truman Capote in drag! A little black dress for a Lilliputian fat sausage of a man! That vision made my pupils dilate!

He could have so easily been my true-life Huckleberry friend as we pursued the rainbow's end, which he promised was right around the bend.

That was years before the drugs and booze and rough trade.

This poor cat! Stuck with this poor slob!

Here it is in one word: resignation!

Another season and we have drifted to South Beach. It was Los Angeles a few months ago and will be Connecticut two months from now. Here we are, two vagabonds drifting around the world until we wear out our welcome after my master's vicious nature makes itself known and he insults our hosts.

"Where shall your luggage be sent, Truman? I'm afraid we have decided to close up for the season unexpectedly."

"What?"

"Yes, obligations in London require our immediate presence, my dear. You do understand, darling?"

Thus two drifters are unceremoniously sent on their way right around the bend.

And this winter we find ourselves in Miami Beach.

"With so many Latin Americans here, my cat is *un gato*! *Gato* is Spanish for cat, right?"

This is how I became *Pussy Gato* to the endless parade of drunks, druggies, and pedophiles that meander through this apartment day and night.

It is Wednesday morning, but it looks like the Monday after a Super Bowl party at Animal House.

Excuse me while I lick my paws and try not to think of last night.

Yet here I sit on a dining room table.

It is early afternoon and it is getting as warm as a glass greenhouse in the sweltering Florida sun. The place reeks of stale whiskey and slightly fermenting vomit intermingling in the smoky air.

My master passes in and out of consciousness, empty bottles of booze lay strewn about, as his head and arm rest on the dining room table. Dried, crusty vomit stains his nostrils and upper lip; saliva drools from the side of his mouth. The only movements are occasional snorts that punctuate his heaving and snores.

There are times when I ask myself if Daurenki caviar is worth sitting here, licking my paws, as I am subjected to this tortured vision.

I fear and long for his overdose at the same time, evidence of how conflicted I have become.

The *idea* of Truman Capote is more appealing than the *reality* of Truman Capote.

*Story inspired by A.W.*

# Victoria Ocampo's Cat

# 25

When my mistress hosts visitors from overseas who have never been here before many of them are astonished at the architecture.

*If I didn't know any better, I swear I could be in any European capital!*

She laughs. She reassures them gently by saying, "Let me show you something."

Then she takes them to the kitchen, turns on the faucet—*et voilà*—the water drains in a counterclockwise motion.

"The Coriolis force is responsible for liquids draining counterclockwise south of the equator and clockwise north of the equator: I assure you that we are south of the equator!" Mistress Victoria states with confidence. "We are indeed in Buenos Aires, Argentina—not somewhere in Europe!"

Victoria Ocampo adopted me during Christmas 1945 in Nuremberg, Germany. She was the only Argentine who attended the Nuremberg trials. So she could have company in the ruins of Europe after the war, I became her feline companion.

Nomi is my name. I am Nomi both for the beauty of that Hebrew name and as a statement of defiance against the evil that possessed Europe during that war. Of course I'm not Jewish *per se*. While it's true that all cats are animists, no cat adheres to one specific religion.

After the trials, we continued to Paris, where I did not disclose to any other cat that I had been born in Germany since I did not want to cause a scandal during our stay in France.

It was from there that we set sail for Buenos Aires. I didn't know what to expect, really. So you can imagine my delight to find a city that had never been bombed or invaded, where people lived far different kinds of lives from the constant strife that characterized the lives and histories of the ethnic savages the inhabit the European continent.

Mistress Victoria's place was vibrant, alive with ideas and intellects. Hers was a home where visitors commented on Dante's *Inferno*, Virginia Woolf's *Orlando*, and T. E. Lawrence's *The Seven Pillars of Wisdom*.

It was to be expected. Mistress Victoria had, in 1931, founded and published *Sur*, a literary magazine. It became the most important such publication in Latin America. Among the writers *Sur* championed were Jorge Luis Borges, Julio Cortázar, José Ortega y Gasset, Manuel Peyrou, and Albert Camus. Borges was a regular visitor to our home.

Whenever he showed up, I would climb down from my perch on the third shelf of the bookcase in my mistress's study—it was the custom among well-bred Parisians to have cushions on the third shelf of their bookcases for *les chats magnifiques du ménage*. As Mistress Victoria's childhood governess was French, she adopted many French customs without knowing they were French. In her own way, as a proud Argentine woman she felt it necessary to defend her Francophile tendencies by noting that "the alphabet book in which I learned to read was French, as was the hand that taught me to draw those first letters." I would then make my way to Jorge Luis Borges and leap onto his lap. He would pet me politely while I listened to this or that about that or this.

Argentina was always hopeful that way. And it was full of potential and promise.

This is not to say that Argentina has always lived up either to its potential or promise. In some ways, it is too much like Europe!

What do I mean?

I mean that although I spent countless afternoons catnapping on the third shelf of the bookcase in the study, there were months in 1953 when I spent entire days hiding under Mistress

Victoria's bed.

That was when she was imprisoned for opposing the Fascist dictatorship of Juan Domingo Perón. It caused uproar when Perón's wife, Eva, denounced Mistress Victoria as a "bourgeois bitch"—which I could not understand.

A *bitch*? Mistress Victoria was a *human*, not a *canine*!

Borges had warned her of the possibility of being hunted down by the dictator's regime as many other public intellectuals had been. She replied that she rejected categorically those who would engender resentment and suspicion of the intellect and of the life of the mind and ideas. Borges was astonished at her defiance and called her *la mujer más argentina*, "the quintessential Argentine woman."

Mistress Victoria returned home after a few weeks of incarceration, and I returned to the third shelf of the bookcase. She would outlive Juan Domingo Perón, who, not unlike all the evil, soon passed from this world to land, perhaps, in the Ninth Circle of Dante's *Inferno* for his treachery of his fellow man.

As for me, Nomi, I was content to live out my nine lives consecutively in the home and arms of my beloved Mistress Victoria.

She protected me from fascists and extremists regardless of which way the water circled before draining in the sink.

# 26 Zelda Fitzgerald's Pussycat

During parties my favorite spot is the fireplace mantel in the dining room. From this vantage point I can sit and enjoy the merriment. I can also walk back and forth across the mantle, showing off my debonair feline moves. The ladies are always drawn to me, and they make a fuss over me as I purr or meow, depending on my whim.

I derive such satisfaction from their love and devotion. Nothing pleases this cat as much as being caressed all over by gorgeous human females! I long for their adoration. The sexiest ones are the ones who think of me before they come and arrive with presents for me, wonderful tokens of their thoughtfulness. It makes Zelda so happy when someone tells her, "Believe it or not, I brought something for your gorgeous pussy!"

Of course my heart belongs to my beautiful mistress, Zelda Fitzgerald, but I do love her lady friends.

I am Diego.

Ah, then, about last night, is that what you want to know? If that's the case then you're no better than the yellow journalists who write trash about Mr. and Mrs. F. Scott Fitzgerald for the tabloids.

And to that I say: terrific!

I will indulge, but I will not divulge any secret that would betray my mistress. That would be ungentlemanly of me, wouldn't it?

Suffice it to repeat what Edmund Wilson wrote after attending a party at the Fitzgeralds' last year. It is 1929, so, doing the math, this is what Mr. Wilson wrote in 1928:

I sat next to Zelda, who was at her iridescent best. Some of Scott's friends were irritated; others were enchanted by her. I was one of the ones who were charmed. She had the waywardness of a Southern belle and the lack of inhibitions of a child. She talked with so spontaneous a color and wit—almost exactly in the way she wrote—that I very soon ceased to be troubled by the fact that the conversation was in the nature of a "free association" of ideas and one could never follow up anything. I have rarely known a woman who expressed herself so delightfully and so freshly: she had no readymade phrases on the one hand and made no straining for effect on the other.

As for last night's bash, well, there was confetti and people wore hats. The balloons were filled with helium and I delighted as I played with the colorful ribbons tied to them. I was admonished for leaping at the ribbons as the balloons floated toward the ceiling. Not that I cared. The ribbons trailing the balloons are always fun, aren't they? Of course they are—and you know it!

When the party began with the pop of champagne bottles, the sounds of glass clinking, the laughter of men and women engaged in merriment, Zelda was in her element.

She moved from guest to guest, kissing the men on their cheeks. She was in the habit of allowing men to kiss her hand, but she always clasped the hands of the ladies, brought them to her cheeks, and then kissed their palms!

How unexpected! I suspect she did this to prevent other women's perfumed faces from mixing with her own scent. It was unique to her, the way she, her eyes transfixed on each of her guests, would welcome them to the party and to her home.

She lived her life as she encouraged young American women to live theirs. In the event you need a reminder, this is how my mistress described the modern American woman:

The Flapper awoke from her lethargy of sub-debism, bobbed her hair, put on her choicest pair of earrings and a great deal of audacity and rouge and went into the battle. She flirted because it was fun to flirt and wore a one-piece bathing suit because she had a good figure . . . she was conscious that the things she did were the things she had always wanted to do. Mothers disapproved of their sons taking the Flapper to dances, to teas, to swim and most of all to heart.

I pranced back and forth along the mantel last night. Several guests placed champagne flutes and glasses of whiskey on the mantel. I moved around them with ease as confetti fell around us, glittering and causing the women to laugh. The women delighted in the balloons floating about, and the men retreated to smoke their cigars with other men.

If you think it was a New Year's Eve party, you can be forgiven the assumption. It was not New Year's Eve. It was simply a fete at the Fitzgeralds'! I suspect most American mothers would have disapproved; fortunately, they had not been invited to this party that brought such pleasure to the men and women who had been invited and who attended!

Near the end of the evening, Zelda came to caress me and kiss me and make a show of her affection for me.

She glided over, scratched me behind the ears, kissed me atop my head, and placed a red beret on me. Nothing makes me look more dapper and debonair than a bright red beret, which stands out vividly against my black fur.

"You are the one true love of my life," she said with a laugh. "You are my *joie de vivre*!"

And with that, she, giddy with delight, moved away as a sheer curtain sways in the breeze, laughing, her eyes glistening and her smile sparkling, balloon ribbons swirling in her trail.

There! You heard it yourself! From the lips of the elegant and eternal Zelda Fitzgerald: I am the joy of her life!

Life is a cat in a beret, old chum!

Life is a cat in a beret!

# Divulgaciones felinas

# Introducción

Andy Warhol, en la década de 1950, creó una serie de ilustraciones de gatos. Fue una tarea caprichosa. Consistió en dibujos de felinos y un gato azul. Fueron posteriormente publicados como *25 gatos llamados Sam y un gato azul [25 Cats Named Sam and One Blue Pussy]*. Dijo que fueron dedicados a su madre.[2]

Pasarían décadas.

Cuando conocí a Warhol, en la década de 1980, el tema de los gatos surgió. A pesar del tiempo pasado, me dijo, que aún estaba de luto por la pérdida de su querido compañero felino, Hester. Con el fin de mejorar su melancolía, la conversación cambió a Tallulah Bankhead y su interpretación en la película de Alfred Hitchcock *Lifeboat*, mejor conocido en el mundo de habla hispana como *Náufragos*. "Caramba, me pregunto cómo su interpretación hubiera sido diferente si hubiera contado con una gata con ella," Warhol especuló.

En algunas conversaciones a través de los años, especular sobre lo que un gato u otro diría acerca de su amo o ama fue un tema entre nosotros. Tome notas: "Alguien debería rescatar a esos pobres gatos del hogar de Edward Gorey," o "Imagínate lo que el gato de Truman Capote ha visto a través de los años."

Sí, nuestras pláticas eran tan raras. O tan tontas, dependiendo de la tolerancia de uno para el existencialismo justo al lado de una malicia inculta.

Anoté estos comentarios en pedazos de papel, portavasos de papel o los lados posteriores de los sobres. Las guarde para su custodia, archivándolas en una carpeta con otros papeles y fotografías, colocados en un estante de libros.

Pasarían décadas.

Sería en la década de 2010 que, tomando un café, otra

amistad, el pintor mexicano José Luis Loría, mencionó que había recibido una comisión de China para una recreación monumental compuesta de pinturas de gatos. Algunas obras miden cuatro metros de longitud. Las obras serían exhibidas primero en Mérida, Yucatán, donde él vive y trabaja, antes de ser enviadas a su destino final a China comunista.

Esta plática me recordó los cuentos de los gatos que platique con Warhol. Busqué y encontré la carpeta con los terrenos vagos, ideas y notas; pensé se había perdido. Fue en esta peculiar serie de coincidencias—dos artistas diferentes, uno del siglo pasado y otro de la actual, ambos fascinados con los gatos—que dio inspiración para esta colección de cuentos de gatos imaginarios.

¿Es ese rayo en el ojo de un felino la mirada de amor, o es la indiferencia del aburrimiento, o se trata de un desprecio?

¿Qué hubiera hecho la gata de Tallulah Bankhead al hallarse a la deriva en un bote salvavidas? ¿Hubiera sido correcto rescatar los gatos de la casa de Edward Gorey? ¿Qué horrores o maravillas vio con sus propios ojos el gato de Truman Capote a través de los años?

Este puede ser uno de esos raros momentos cuando la curiosidad que en sí misma ilumina la vida imaginaría de algunos gatos. Si es así, entonces sí bien vale la pena este esfuerzo, desde las divertidas especulaciones de Andy Warhol a las ilustraciones magistrales de José Luis Loría.

A fin de cuenta, cuando se trata de los pensamientos profundos y privados dentro de la cabeza de un gato, la cuestión está siempre abierta a la especulación. Por lo cual, en el ensamblaje de cuentos felinos hay que recordar que sigue siendo un asunto difícil.

Louis E.V. Nevaer
Mérida, Yucatán

---

[2]Julia Warhola firmaba algunas de las ilustraciones como suyas y es probable que tuviera una mano en las ilustraciones. La relación entre Andy Warhol y su madre era complicada. Julia Warhola una vez se jactó de que lo mejor de su hijo fuese gay era que él no tendría ni esposa, ni hijas, lo que significaba que ella sería la única mujer en su vida. Esa era una familia extraña a todo dar.

# La gata de Ava Gardner

**C**orazón *espinado*... Corazón de espinas.

Doña Ava me llama *Corazón*, y por lo tanto sí soy su *corazón*.

También me llama Corazón porque, según se dice entre su familia, ese era el nombre de un antepasado de origen indígena del pueblo Tuscarora. El pueblo Tuscarora es uno de las naciones indígenas de las Américas que, como se dice en Estados Unidos, son "Americanos Nativos," uno de los "Primeros Pueblos." Ava Gardner, con la sangre de los Tuscarora, hugonotes franceses, ingleses, irlandeses y escocés fue una mestiza bien mestiza, un ejemplar de la "raza cósmica."

Y al ser así, no es extraño que ella fuera considerada como una de las más bellas mujeres en el mundo en su época.

No es de extrañar que ella se recuerde como una *femme fatale*.

Por supuesto, yo figuré en su vida muchos años después que sus esposos la habían abandonado. Ella comenzó muy joven a ver su suerte con la institución del matrimonio. Tenía apenas 19 años cuando se casó con Mickey Rooney. Ese matrimonio duró un año. El próximo marido fue Artie Shaw. Esa unión duró apenas un año también. Su último matrimonio fue con Frank Sinatra. Ese matrimonio duró seis años.

Durante estos tres matrimonios realizó tres películas: *Pandora* (1951), *The Barefoot Contessa* (1954), conocida más bien en Hispanoamérica como *La condesa descalza*, y *The Sun Also Rises* (1957) conocida como *Fiesta* en el mundo de habla hispana. En estas tres películas ella protagoniza a las mujeres exóticas. Es por esta razón que entre los escándalos de sus matrimonios y divorcios, al protagonizar personajes de caracteres dominantes en estas películas, muchas personas asumían que ella era "hispana," y que su temperamento, que se describía orgullosa, sensual, elegante y apasionado era conforme con estas ideas de lo que debía de ser una *femme fatale*.

Ella se reía de la idea. "No se trata de ser conflictiva, sino más bien se trata de ser decepcionada," ella me confiaba.

"Es muy solitario tener relaciones sexuales con un marido que ya no amas," le dijo una vez a un biógrafo, cuando le preguntó por qué cada uno de sus matrimonios fracaso.

Esa fue su manera de decir que se daba por vencida con la institución del matrimonio. A su modo de pensar, el matrimonio es la más mundana y aburrida institución burguesa que existe en la tierra. Ella despreciaba el matrimonio.

"Sólo los fracasados aspiran a casarse," le decía a sus íntimos. "Tienes que estar loco o padecer de un mal cerebral."

Yo entré en su vida en 1956, un año antes de su divorció de Frank Sinatra.

"¿De dónde sacaste esa gata?" preguntó Frank Sinatra.

"Necesito una mascota para que cuente con compañía," ella mintió. "Dios sabe que tú me tienes abandonada."

"Buena suerte haciendo el amor con esa gata," le respondió y salió.

Fui un regalo concedido a ella por Luis Miguel Dominguín, el famoso torero español, con el cual estaba teniendo una relación romántica. Era una relación condenada desde el principio. Él diría de su tiempo con Ava Gardner años después que, "Los hombres se enamoran de una mujer por sus fallos en lugar de por sus cualidades."

Si es cierto que los hombres encontraban fallos con ella, mi ama nunca encontró fallas en mí.

Yo no era su musa: yo era su consuelo.

Los seres humanos son criaturas poseídas por las dudas e inseguridades. No sé por qué, y no me importa averiguarlo. Mi lugar en su vida, en pocas palabras, era proteger su corazón. Mi empeño era fortalecer mi ama y levantar su confianza en sí misma, en la vida, y en lo bueno del mundo.

Después de su matrimonio con Frank Sinatra y su romance con Luis Miguel Dominguín terminó en decepción mutua, no habría otros hombres serios. Los amantes de Ava Gardner serían Ernest Hemingway, Howard Hughes, John Huston y Robert Mitchum.

Que pieles y joyas les darían. Y también, mucha angustia. Cada romance fracasado, se tiene que señalar, le rompió aún más su corazón.

"Quizá Warhol tenía razón," Ava Gardner una vez susurró en mi oído después de una cena que terminó no con el postre sino con bofetadas que le dio a su amante en la cara. Este fue el año después de la fecha en que se había convertido en una estrella internacional cuando *La noche de la iguana* se estreno en 1964.

"Temo que si se mira una cosa con tiempo suficiente, pierde todo su significado," Warhol señaló en una ocasión.

Ella odiaba cuando los hombres la miraban por períodos largos, hipnotizados por su belleza. Creía que era signo seguro de que ella sería defraudada. Temía que al admirar su belleza la magia se rompería y no tendría ningún significado para sus admiradores.

No recuerdo cuántas veces camine a su cama, salte hacia arriba, y cautelosamente me acercaba a su almohada para maullar mis pensamientos a ella con la esperanza de reforzar su confianza.

Mi bella ama, sin embargo, a menudo era inconsolable. Cada romance fracasado era otra espina clavada en su corazón.

Parece ser que nadie, independientemente de su especie, era capaz de convertir las dudas de sí misma que consumía su propia alma.

Ni siquiera un corazón tan cierto como el corazón de esta felina.

# El felino del Cardenal Richelieu

Por las mañanas, después de mis abluciones y alimentación, me estiro. Mi espalda se siente maravillosa cuando arco mi columna vertebral lentamente, estrecho mis garras, y me muevo con propósito de levantar mi cabeza.

Soy amo de mi dominio.

Su excelencia, el cardenal, es un admirable *chevalier*, un poco obtuso y mercurial. Tal vez él debería pasar más tiempo de vacaciones en el extranjero, pero parece ser tan dedicado a su trabajo que sigue siendo ajeno a las verdades elementales de la vida.

Después del desayuno y el ritual de estirarme, es importante encontrar el cojín real sobre la silla apropiada y tomar posesión de ella.

Siempre hay opciones en sus suites privadas. Siempre hay sol brillando a través de sus amplias ventanas, cuando el sol brilla sobre París.

Me muevo con gracia y facilidad, rodeando las piernas de tal o cual silla, hasta encontrar la cual, para ese día y en ese momento, se siente la *correcta*.

Entonces, ¡doy un *salto*!

Y, ¡aterrizo!

Me muevo en círculos alrededor del cojín. Mis patas realizan un baile de amasar el cojín mientras lo preparo el mismo para recibir mi cuerpo, que, en un solo movimiento, viene a descansar en el tejido de seda lujosa del cojín.

El sol calienta mi cuerpo como mis párpados pesados, con indiferencia a los problemas de los hombres acerca de mí que se mueven en un remolino—sus preocupaciones pronto serán olvidadas aunque ahora son cuestiones que de gran motivo y grave urgencia que llenan la mente de mi amado Cardenal y los suplicantes que entretiene o rechaza—yo cierro mis ojos para tomar mi siesta de esta mañana.

La lobreguez del mundo, con sus matices y formas, desaparece de mi mente para que aparezcan los sueños.

Es decir, no hay ninguna preocupación cuando cierro mis ojos, y de vez en cuando ligeramente abro mis ojos sólo para ser testigo del precipitado ritmo de los poderosos con un sentido de resolver los asuntos del día. Sus desventurados movimientos son un tipo de poesía, con esta gesticulación aquí y alzando las voces. La única cosa en mi mente es el reconfortante calor de este cojín y al realizar que glorioso es sentir mi cuerpo bañado por la luz del sol.

Yo estoy satisfecho.

Los sueños, a fin de cuenta, ofrecen el consuelo de un mundo de silencio. Los sueños son un refugio de la irrelevancia del mundo. Están presentes, estos sueños míos, pero se sienten y no se escuchan, algo similar al latido del corazón de un felino.

El Cardenal sí oye mis soplos y ronroneos, pero nunca escucha el latir de mi corazón. *Eso* es algo que debe *sentir* cuando su mano descansa sobre mi torso.

Esto lo hace la mayoría de las noches después de su cena. Él coloca un cojín favorito en su regazo y yo daré un salto encima de la misma. Con una mano acaricia mi cuerpo, descansando su mano de una manera que me calma. Sí puedo sentir el pulso de su corazón por su muñeca, y él, por lo tanto, puede sentir los latidos del mío a través de la palma de su mano. Con la otra mano, él voltea hojas de papel.

"Westfalia," susurra a sí mismo. "Un tratado de paz," su voz declara, mientras sus ojos contemplan mi cara.

Esto me hace bostezar, la plática de los seres humanos de esta paz y la otra paz. Así que mucho se ha habla sobre hacer la paz cuando es la guerra lo que debe evitar sobre todo; las guerras de la humanidad perturbar la vida cotidiana y los hábitos de lo que es familiar.

¿Dónde está la decencia en la agitación constante?

¿Acaso mis elegantes sillas siempre estará aquí? ¿Estarán siempre presentes en cojines de seda para mi elección? ¿Las ventanas que filtran el calor del sol también y me guardan del frío siempre estarán aquí?

Si reflexionamos sobre estos pensamientos, temo que voy a interrumpir la comodidad de mis sueños.

El Cardenal Richelieu entra y deja estas salas. El Cardenal Richelieu habla de los reyes y los papas. El Cardenal Richelieu reflexiona sobre la guerra y la paz.

Una vez más, arco mi espalda y estiro la columna vertebral. Me inclino hacia delante y estiro mis garras. Yo bostezo.

Me despierto plenamente, encuentro mi tazón, tomo agua, y vuelvo a la calidez del sol.

El Cardenal Richelieu busca la decencia y el pragmatismo ambas en la misma medida. En mi mundo de silencio y su mundo del sonido no hay nada más que la armonía.

¿Por qué no puede la humanidad comportarse de manera similar?

La paz de Westfalia, yo escuche a alguien decir, brindará a Francia la estabilidad.

Esta elegante silla, este cojín de seda, y la calidez del sol se mantendrán. Estos felices pensamientos, llenan mis sueños a estas horas al acabarse la mañana.

Si estuviera en Westfalia, yo también estaría de acuerdo con el tratado de paz. Sus felinos merecen la comodidad de cojines de seda y franjas de sol.

Así lo he decretado: *Je suis le Chat-Soleil.*

# 3 La gata de Catalina II de Rusia

La emperatriz es mi ama y yo soy la que la consuela.

Mi nombre es Sofía, pero me puedes llamar . . . Bueno, ¿con que fin me importas tú?

Si estás leyendo esto, todo el mundo que vive hoy ya habrá desaparecido de esta tierra, incluso cada felino, a pesar que cuente con nueve vidas.

Por lo menos te voy a confiar lo siguiente. En el retrato de Catalina II pintada por el maestro Fyodor Rokotov, la única manera en que Su Majestad fue capaz de sentarse quieta por tanto tiempo fue cuando le dieron un cojín de terciopelo que acomodo en su regazo.

Yo me acostaba en el cojín de terciopelo de tono real. Ella pulía mi cuerpo.

Es una verdadera hazaña que Catalina la Grande, que se acredita con ser reina durante la Edad de Oro del Imperio Ruso, definido desde el verano del 1762 al otoño de 1796, me necesitara para calmar sus nervios.

Ella, a veces me acariciaba, pero más a menudo me cepillaba. Con que sólo moviera su cabeza real ligeramente, uno de los cortesanos de la emperatriz le entregaba un pincel bien incrustado de gemas preciosas. El cepillo fue un obsequio del Intendente-General el príncipe A. A. Viazemsky en la ocasión de su coronación. El encargado del cepillo fue Gregorio Teploff, el Secretario de la Emperatriz, quien aseguraba de que estuviera siempre a mano para cuando la Emperatriz se le antojara pulir mi cuerpo felino.

Fue, en todos los sentidos, una vida admirable para mí, una que me entusiasma. Con decir que mis patas nunca tocaron las piedras frías más allá de las cortes y los palacios reales en los cuales vivimos eso lo dice todo.

Esto no quiere decir que la Emperatriz fue superficial. Me sentaba en su regazo mientras dictaba una carta a sus nietos para prepararlos para los desafíos que enfrentaran cuando el siglo XIX se acercara y que ella temía que no alcanzaría llegar a ver ese siglo. La emperatriz aconsejó a los hijos de sus hijos de esta manera:

> Estudia la gente. Trata de sacar provecho de ello, pero sin confiar en ellos en forma indiscriminada. Busca por el mundo el mérito verdadero; en la mayoría de los casos es modesto y se oculta guardando su distancia. La virtud no se proclama a sí misma en medio de una multitud, no se distingue ni por la codicia ni por la ostentación; pasa sin verse y se pasa por alto. Nunca se rodea con aduladores, que sientan que detestas que te alaben cuando alguien se desprecia a sí mismo. Otorga tu confianza sólo en aquellos que tienen el valor de contra decirte si es necesario, y que prefieren guardar tu buen nombre más que los beneficios que les puedes dar. Se amable, benevolente, accesible, compasivo y de criterio amplio.
>
> Tu exaltada posición nunca debe de ser un obstáculo para que niegues tus condescendencias amables hacia los humildes, ni que comprometas tu posición de tal manera que tu benevolencia disminuya el valor de tu autoridad o el respeto de las personas hacia ti. Presta oído a todo lo que de alguna manera pueda ser merecedor de su atención. Deja que la gente vea que piensas y sientes como se requiere en tal momento. Compórtate de tal manera que las buenas personas te amen, la gente mala te teman, y todos te respeten. Conserva en tu corazón estas grandiosas cualidades que constituyen las características distintivas de los hombres honestos, los grandes hombres, y los héroes.
>
> Seas adverso a todos los artificios bajos; que tú contacto con el mundo nunca oculte tu amor clásico del honor y la virtud. Que principios reprobables y malvados nunca encuentren un lugar en tu corazón. La duplicidad es ajeno a las grandes, quienes desprecian mezquindad de todo tipo.

Cuando terminó con su dictado, ella me miró, levantó el cepillo y me cepilló. Cuando terminó, me besó en mi cabeza y acarició mi cuerpo.

Cortesanos iban y venían y me sentaba en su regazo y dejaba que me calmara con sus caricias.

"Sofía, mi hermosa Sofía," la Emperatriz decía. "¿Qué es lo que he hecho para ser tan afortunada de tener una felina tan genial como tú como mi compañera?"

¿Cómo se podría responder a esta pregunta retórica?

Yo no sabía qué decir y simplemente me ronroneaba, mientras movía mi cabeza.

Pero en mi mente le hubiera dicho mucho más a la Emperatriz. Le hubiera dicho algo más sustancial que un ronroneo inadecuado. Sabía lo que tenía que decir, pero, siendo una gata, era imposible hablar.

¿Qué le hubiera dicho?

¿No es obvio?

¿Qué es lo que *nadie* le podía decir a Catalina la Grande?

*Por la manera en que me acaricias, por eso soy su gatita.*

# 4 El felino de Ching Shih

**S**í sé mi lugar.

Esto es una de las buenas cosas que se puede decir de mí. No tengo aires de pedigrí o el propósito de mi existencia.

Ching Shih, también conocida como Madame Ching, me adquirió un día después de que su marido Zheng Yi murió en Vietnam. Ella cubrió su cara en mi cuerpo mientras lloraba; sus lágrimas empaparon mi pelaje.

Ella me llamó Xièxiè, que significa "gracias."

¿Gracias de qué? Gracias por el consuelo.

Incluso los piratas que aterrorizan al mar de China derraman lágrimas de vez en cuando. Incluso los terroristas necesitan ser consolados en sus momentos de dolor.

Mi ama Ching Shih me jaló mientras estaba atado a la tetina de mi madre. Era tan recién nacido que todavía no sabía pararme de pie en mis cuatro patas.

De hecho, aprendí a pararme de pie a bordo de su junco, que zarpó en desafío a las armadas chinas, portuguesas y británicas. La primera vez que la acompañe en tierra firme, sufrí el vértigo, vomité, y caí al suelo incapaz de pararme de pie desde entonces. Nunca me permitió poner ni una pata sobre la tierra.

Muy bien. Será una cosa menos que tendré que aprender a dominar.

Quizás a Ching Shih no le interesó dominar el mundo, pero sí estaba decidida a aterrorizar a la alta mar.

Su dureza fue un producto de las circunstancias de la vida. Su propia madre era soltera y Ching Shih nació en la ciudad de Cantón. A la edad de doce años tuvo que buscar como ganarse la vida; acudió a la prostitución. Fue su buena fortuna cuando fue secuestrada por los piratas. Su belleza y proezas sexuales atrajeron las atenciones de Zheng Yi. Se casaron y juntos construyeron la Flota de la Bandera Roja.

Esto representa un gran logro; construyeron su flota de piratas como socios. Es por ello que, cuando Zheng Yi falleció, ella tenía la capacidad de gestión necesaria para seguir adelante. En 1806, ella contaba con más de 300 juncos y tenía más de 30,000 piratas bajo su mando. Esto durante una época en la que, por ejemplo, en los Estados Unidos de América las mujeres tenían prohibido a consultar a un banquero sin permiso por escrito de sus esposos o padre. Ching Shih, una mujer, controlaba una de las mayores fortunas privadas de riquezas inimaginable.

La vida le enseño a ser más dura. Ella me enseñó a ser aún más duro.

"Este es Xièxiè," le dijo a la tripulación de su junco. "Él se desplazará libremente en los confines de este barco. Si alguien interfiere con él, esa persona será ejecutada. ¡Pero nadie le dará de comer!"

Tuve que valerme por mi propia cuenta. Uno podía pensar que el estar a bordo de un junco contaría con un montón de pescados. Eso es cierto, pero no había pescado para mí; los piratas tenían órdenes de no darme de comer. Por lo tanto, tenía que robar un bocado aquí o una chatarra allá, pero la manera más segura para que comiera fue ¡aprender a abalanzarme sobre ratas!

Tuve que cazarlas, aguantarlas con una garra mientras las degollaba con mi otra pata.

Es así que podría alimentarme de sus cuerpos.

Ching Shih fue esta clase de ama.

Sin embargo, esta prostituta reformada cantonesa, debo de señalar, tenía un profundo sentido de la independencia y la decencia. Siendo piratas capturaban todo tipo de botín durante las frecuentes incursiones a los puertos.

Incluso, contábamos con la captura de mujeres y niños.

Si un pirata, bajo su mando, se atrevía a violar a una mujer, Ching Shih decretó, ese pirata sería decapitado y su cuerpo arrojado a los tiburones. A la mujer agraviada se le daría unas cuantas monedas y sería liberada en el siguiente puerto de escala. Sin embargo, si la mujer tuviera un enlace sexual con uno de sus piratas con su consentimiento, el hombre sería decapitado y su cuerpo arrojado al mar, y la mujer estaría vinculada a balas y sería ahogada.

¡Ningún junco de la Flota de la Bandera Roja podría considerar la posibilidad del parto de ningún niño!

Excepto, por supuesto, el parto de ratas . . .

Parece que en cada puerto de escala, las ratas invadían a nuestro junco. Yo sabía que se escondían entre las vigas. Se reproducían. Daban a luz.

Aprendí a cazar con la destreza de una criatura de las selvas. Sólo necesitaba acudir a las recámaras de mi ama para tomar agua dulce y para dormir en su cama de bodas china, la cual estaba cubierta con sabanas de seda de color rojo brillante que ella prefería.

"Xièxiè," me decía, mientras ella me acariciaba. "Nadie te alimenta, pero nunca tienes hambre. El contar con autosuficiencia e independencia es contar con buenas cualidades. Tenéis la suerte de poseerlas. Es un buen augurio para nuestras relaciones, mi precioso felino."

Y así hemos vivimos durante décadas, pero llegó un momento cuando las cosas cambiaron porque la vida cambia.

"Muy pronto tendrás que aprender a caminar en tierra firme," me susurró una noche a mis oídos. "Nuestros días en el mar llegan a su fin. El mundo en que vivimos evoluciona, al igual que las estaciones del año, y debemos adaptarnos a las nuevas circunstancias, como hacen las corrientes cuando se encuentran con obstáculos."

La Flota de la Bandera Roja no podía ser derrotado: por lo tanto tenía que ser acomodada.

China, pragmática en las realidades del mundo, ofreció un trato: ¡amnistía a uno y a todos! Cada pirata podría quedarse con sus riquezas robadas del mundo, pero nuestro desorden tenía que acabar: tendríamos que obedecer la ley.

Ching Shih negoció desde una posición de fuerza; ella podía aceptar o rechazar la amnistía que ofrecían los chinos.

Sabía, sin embargo, que las otras armadas imperiales, los franceses, los españoles, como de los Estados Unidos, ahora estaban conspirando con los chinos, los portugueses, y los británicos.

Las armadas de las naciones mercantilistas del mundo se estaban uniendo contra nosotros. Sólo sería cuestión de tiempo antes de que pudieran derrotar la Flota de la Bandera Roja.

Yo tendría que aprender a encontrar el equilibrio y caminar sin tropezar en tierra firma.

Y así, en 1810, yo lo hice.

Ella me llevó en sus brazos, vestida con las mejores sedas que el mundo podría producir, de vibrante colores rojos y amarillos. Ella miró a su junco una última vez. Con flores en su cabello y con un séquito de distinguidos piratas que le seguían detrás, Ching Shih desembarcó en el puerto de Shanghái.

Salté de sus brazos y me paré de pie en mis cuatro patas, tambaleante al principio, pero yo, Xièxiè, quien crecí con los piratas y que había mirado la belleza del mundo desde la perspectiva de un junco, testigo de la crueldad de los hombres, que me alimentaba de ratas torturados y asesinados por mí mismo, caminé con confianza al lado de mi ama.

Sería una vida diferente, esta vida dorada de amnistía con riquezas incalculables, pero aprendí a dominarla con facilidad.

Durante más de tres décadas, Ching Shih logró el éxito en tierra firme: su empeño incluyó casas de juego, llenos de música, opio, alcohol y contaban con prostitutas. El círculo de las circunstancias dio un giro completo y, en muchos sentidos, fui testigo de todo, desde la posición privilegiada del amo en el dominio de mi ama.

¡Fui el felino precioso de Ching Shih!

# Donatien Alphonse François y su gato

**M**i amo es un loco. Por lo menos, eso es lo que los tribunales y los médicos quienes lo atienden han declarado. Estamos confinados en Charenton-Saint-Maurice, un asilo para los locos situado en Val-de-Marne, Francia.

Los detractores afirman que toda la república de Francia es un gran manicomio en la década de 1810. Tal vez, pero la cordura es relativa, ¿no es así?

Todo lo que sé es que este lugar es tranquilo. Donatien me llama Eros.

Yo soy su gato. Los demás de aquí—¿los residentes? ¿los pacientes? ¿los reclusos? ¿los presos?—son generosos y amables en sus maneras extrañas.

Cuento con la libertad para recorrer las instalaciones y los jardines. Donatien le encanta cuando regreso arrastrando un ratón. Los cazo en los jardines o en las esquinas de las salas que conforman el gran asilo de Charenton.

Donatien pasa sus mañanas trabajando en obras de teatro y dramatizaciones. El director de Charenton es el Abbé de Coulmier. Él es muy progresista en su punto de vista. Él anima a Donatien para que trabaje en sus diversas obras. Incluso permite actuaciones con la participación como actores a las otras personas que residen aquí. Por lo tanto, Donatien pasa muchas horas trabajando en sus dramas. Todas las tardes son ensayos tras ensayos.

Es solamente durante el mediodía que podemos pasar un

tiempo junto.

Abre la ventana y llama mi nombre: "¡Eros, *mon chat précieux!*"

Si me arrastro un ratón vivo, él palmotea sus manos con emoción y agarra la pobre criatura de mi mandíbula. Entonces él se apresura a su escritorio y ata al ratón sobre un trozo de madera plana que tiene cuatro grandes clavos bien clavados. Entonces amarra al ratón a la Crux Decussata y me llama.

"Eros," susurra, "¡es hora de jugar! ¡Es hora de ser el depredador que la naturaleza quiere que seas! ¡Es el momento de matar a tu presa!"

Y con esto, poco a poco comenzó a destrozar y atormentar al maldito ratón.

Donatien me alienta. Donatien me anima: *"¡Encore! ¡Excellent! ¡Formidable!"*

Y sigo, cada vez con más fuerza, más determinación, con mayor furia, mientras destrozo y muerdo el ratón.

Donatien, como si superado por los demonios, se desborda al examinar los arañazos en el cuerpo del ratón aterrorizado que se enrolla en agonía.

¡Eros, *encore, mon chat précieux!*

Yo vivo para complacer a mi amo. Estoy muy contento por el placer que le puedo dar.

Su respiración se intensifica, especialmente cuando él ve el sangrado del ratón y cuando la criatura se echa atrás de dolor.

En algunas ocasiones Donatien ha llamado a Madeleine Leclerc, de catorce años de edad cuya madre es empleada de Charenton. Su madre no sabe que Donatien y Madeleine están involucrados sexualmente. Sí están. Por la tarde, cuando ella se supone que está ayudando en el aseo doméstico, en realidad se encuentra en la cama con Donatien.

Escucho lo que platican mientras descansan sus cabezas en las almohadas. Entonces su plática era vacilante y ella tenía serias dudas acerca del placer que Donatien encontraba en el sufrimiento. Él, sin embargo, nunca se excitaba más que cuando pretendía que la iba a sofocar con una almohada o un cojín. La joven fue, en un principio, aterrorizada, pero con el tiempo, se dio cuenta que cuando le faltaba el aire mientras le masturba era algo que, extrañamente, encontraba atractivo y sensual. Le pareció extraño—pero sensual y excitante—cuando él primero le pinchaba su dedo y después le lamiaba la gota de sangre. También pinchaba sus pezones y lamiaba las gotas de sangre que se derramaban de su pecho.

"¡C'est mieux que le lait!" exclamaba.

Madeleine, a menudo salía corriendo, avergonzada o apenada, o un poco de ambos.

Cuando esto sucedía, Donatien enfocaba su atención hacia mí.

"¡Trouvez-moi une souris, Eros!" me mandaba.

Y le obedecía, saltando por la ventana y volvía cuando había capturado a un ratón para Donatien.

Sería la misma rutina familiar.

En ocasiones, sin embargo, hasta yo tenía que dar la espalda al pobre ratón atormentado, sus chillidos y la sangre es demasiada hasta para un felino, orgulloso como yo, podía aguantar. Veía a Donatien, en su cama, desnudo, masturbándose, gozando del dolor que yo estaba infligiendo al ratón.

Cuando más era el dolor que infligía, aún mayor era su excitación sexual.

Es de esta manera en que ocupábamos nuestros días en este glorioso sanatorio francés mientras el siglo XIX se desplegaba alrededor de nosotros.

Mi amo, Donatien, debo señalar, es mejor conocido por su título real, el Marqués de Sade.

# 6 El gato de Euclides

E sto contemplo: *Indicar una posición, pero no ocupar espacio.*

No estoy seguro que significa esto, pero es lo que he oído a mi amo decir. Él me llamó con un plato pequeño de delicias del Mediterráneo: las sardinas y las anchoas. Me consiente. Siempre me ha consentido. Es por eso que le acaricio su mano y su muñeca con mi cara.

Un buen gato es agradecido de su amo, quién le protege la vida en este mundo tan incierto y lleno de peligros.

Euclides de Alejandría es un buen amo y me considero un gato afortunado.

Me encanta sentarme al lado de la ventana y sentir los vientos del Mediterráneo que llegan a la costa de Alejandría.

Esta es una espléndida ciudad griega. Visitantes del mundo entero viajan a tomar clases con mi amo. Nos traen regalos. Nos traen monedas.

Euclides de Alejandría es un hombre de pensamientos, no de riquezas o de poder.

Cuando los tiempos son difíciles, comemos pez loro. Cuando los tiempos son buenos, gozamos de atún de aleta azul. En los tiempos ordinarios, comemos atún de aleta amarilla o salmonetes.

Siempre hay sardinas y anchoas.

Me siento en forma vertical, con mi cabeza en el aire para disfrutar mejor las brisas del mar Mediterráneo. Con el calor del sol y la brisa fresca, estoy contento. Antes de mediodía, mi amo me ofrecerá un plato de pescado.

Este es el lugar donde era mi destino estar.

"Acepta este axioma: dos puntos se pueden unir con una línea recta," Euclides de Alejandría pronuncia a los jóvenes reunidos quienes él enseña en la otra habitación. "Esto es lo más elemental."

La brisa marina mueve los paños que cuelgan como cortinas. A veces agarro las cortinas. De vez en cuando me escondo entre los paños de telas de algodón que abundan en nuestro hogar. Algunos de ellos son las prendas de vestir, otros son cubiertas para muebles. No siempre distingo cual es cual: una toga para vestir o una sábana de cama.

En la noche mi amo Euclides de Alejandría hace una ofrenda a Idía, la diosa del conocimiento. Hija de Océano y Tetis, ella es responsable por la razón y que la humanidad cuente con la capacidad de conocer y escribir sus conocimientos para que otros puedan aprender.

"No dejare que este mundo rompa mi corazón. No, no dejare que las formas y los ángulos de este mundo inflingen dolor y discordia en mi corazón," Euclides de Alejandría reza mientras enciende llamas de aceite y ofrece su oración.

Yo prefiero mi perca aquí por la ventana, incluso hasta largas horas de la noche. Los barcos que llegan traen a hombres, vino, aceitunas y carnes de Grecia. Si los tiempos son buenos, hay faisanes y liebres.

Todo es demasiado bueno . . . este tipo de fortuna no la tiene cualquier otro gato . . . con sólo estar cerca a mi amo estoy feliz . . . ¡Sardinas! ¡Anchoas! ¡Estar en sus brazos!

Es casi demasiado afortunado pensar que tengo un amo como él, este Euclides de Alejandría, que enseña los axiomas a los estudiantes en busca del conocimiento.

Los barcos que salen de Alejandría están cargados de esclavos y palmas y dátiles.

Estoy contento. Es una buena vida.

Este tipo de suerte no le cae a cualquier gato. Este tipo de fortuna no la tiene cualquier gato.

Euclides de Alejandría vive por sus obras, sus pensamientos, sumiéndolo en escritos y recopilándolo en los libros. Se trata de las formas y las matemáticas, pensando de cómo el mundo de la geometría se reúne a un nivel elemental para que cualquier estudiante lo pueda comprender.

No estoy seguro lo que quiere decir. No me importa, estoy satisfecho con poder levantar mi cabeza en alto para cuando las frescas brisas mediterráneas lleguen a la tierra.

Ahora es casi mediodía y mi amo me trae un plato con atún de aleta azul. ¡Glorioso! Uno de los alumnos debe de ser de una familia rica.

En todo el mundo este es el lugar que era mi destino. Me siento en casa cuando estoy en sus brazos. Es casi demasiado bueno para que sea cierto, pero es cierto.

Es tan cierto como aceptar que, en la geometría, un punto indica posición pero no ocupa espacio.

¡Al fin, lo dije!

La verdad es tan elemental.

# El felino de Fidel

Desde mi punto de vista, son muy pocas las ocasiones cuando las cosas son como parecen.

Que he sobrevivido en una tierra de interminable revolución—donde, paradójicamente, las cosas están en constante cambio, pero siguen siendo lo mismo—requiere habilidad.

Mi supervivencia se funda en ser lo suficiente amistoso para ser considerado como un amigo, pero lo suficientemente distante para no ser visto como una amenaza.

Paso la mayor parte de mi tiempo oculto, debajo de la cama. Sólo me atrevo salir para confortar a mi amo, y por breves períodos de tiempo.

Estar fuera de su vista ofrece seguridad.

Este es, después de todo, La Habana. Esto quiere decir que es peligroso tener un alto perfil.

Un gato mucho más sabio que yo me aconsejó hace años: Lee Éxodo: El secreto de la longevidad en este lugar se encuentra allí.

Con mis uñas rasque un ejemplar de la biblia que fue encontrado en un basurero. Esta revolución es comunista y atea, por lo tanto se desató una ola de violencia anticlerical; las biblias fueron descartadas como basura cuando fueron encontradas por las autoridades, que argumentaban que la religión era el opio del proletariado.

Fue fácil de encontrar el secreto al cual hizo alusión y es bastante obvio: Éxodo 34:14.

"No te postrarás delante de ningún otro dios, porque el Señor se llama 'Celoso': él es un Dios celoso."

Camilo Cienfuegos nunca leyó esto. Ernesto "Che" Guevara nunca leyó esto. El General Arnaldo Ochoa tampoco leyó esto. La lista es interminable.

Cualquier persona que contara con inteligencia y tenía una personalidad que cultivaba a admiradores y fieles entre el público siempre fue considerado un rival potencial y una amenaza que se tenía que eliminar. Cualquiera de estas personas tendría que ser denunciadas como una cosa u otra antes de ser eliminada.

Dichas personas son condenadas a sufrir una muerte inesperada.

Yo prefiero la seguridad de esconderse debajo de la cama. El colchón de resortes ofrece refugio y las baldosas azulejos de pasta fresca ofrecen alivio del calor tropical.

Rechazo clasificaciones.

Cada vez que Fidel me pregunta qué soy, dudo como contestar.

"Buenos días, Martí," me dice, "dime que eres."

Yo contemplo, ronroneo y froto mi cara en la parte posterior de su mano.

No le digo que yo soy gato; decir algo semejante me identificaría. En cambio, le digo que soy un saxofonista. Eso es bastante neutral en todo sentido. Eso ofrece seguridad.

¿Quién podría estar en contra del jazz?

Fidel me acaricia, me rasca detrás de las orejas, y me sirve un platillo de sangre.

Puede parecer extraño, pero antes del triunfo de la Revolución, era difícil encontrar suficientes alimentos. Vivíamos en las montañas y teníamos que robar gallinas de los agricultores y campesinos. Fue entonces cuando me acostumbre a comer pedazos de pollo crudo. Y no había leche, bebía a lengüetadas de un pequeño platillo de sangre de pollo.

Varios de los revolucionarios en las sierras con Fidel también practicaban de la religión afrocubana de Santería. El sacrificio de aves a sus deidades era constante, algo que aseguraba una abundancia constante de gallinas para ellos y platillos de la sangre para mí.

Al triunfar la revolución, la comida ya no era una preocupación. Pero los viejos hábitos son difíciles de cambiar. A pesar de la multitud de los alimentos y golosinas, he mantenido mis gustos simples.

Cuando salgo de donde me escondo debajo de la cama cuidadosamente hago camino hacia el Señor mi Dios. Le acaricio su mano con mi cabeza y maúllo como un suplicante, como debe de ser.

Él me sonríe. Me rasca detrás de las orejas. Me ofrece un bocado.

Antes de que lo aburre con mi presencia o alguien entre en la habitación me paga con un elogio, siempre recuerdo que mi Dios es celoso de naturaleza, y me retiro a mi escondite.

Algunos dirán que vivo una vida de temor. Otros dirían que llevo una vida de discreción.

Yo, siendo un fiel revolucionario, simplemente estoy en un constante modo de supervivencia.

Los años en la Ciudad de La Habana se han evaporado de tal manera, desapareciendo uno tras otro, medidos en una vida escondida bajo la cama.

Estoy resignado a la manera del mundo. A pesar de las promesas de revolución constante, el Señor mi Dios no tiene la posibilidad de reinvención: *Él es el monstruo que siempre ha sido.*

La única vez que me siento a gusto es cuando Raúl se une con nosotros para el almuerzo de mediodía. Durante el almuerzo del mediodía los hermanos están en constante competencia uno con el otro, como para incurrir en el favor de un padre invisible.

Ignoro por completo a estos hermanos insoportables pero salto en una silla cerca de la mesa del comedor.

"Te atreves a pedir otro postre como si nada?" el Señor mi Dios indaga.

"¿Y qué si se me antoja?" Raúl desafía.

"Esa es la razón por la cual estas gordo y tienes el colesterol

113

tan alto" el Señor mi Dios le contesta.

"¿Qué te importa?" Raúl contesta.

"La Revolución necesita líderes sanos y en forma," dice el Señor mi Dios en una voz severa.

"¡Es por eso que tú estás aquí en un sanatorio y soy yo quien está administrando el país!" Raúl le recuerda. "Además, si quiero un tiramisú después de mis tres leches, ¿por qué no debo tener un tiramisú después de mis tres leches? ¡Creo que me lo merezco!"

"¡Sólo en pensar que vas a consumir tanta azúcar me repulsa como si fuera un diabético, Raúl!" el Señor mi Dios comenta con desprecio.

"¡Déjate de eso, Fidel!" dice Raúl. "Es hora de disfrutar un poco. ¡Coño! ¡Como si no me he negado a los simples placeres de la vida por el bien de nuestra revolución demasiado tiempo!"

"¿Tú te has privado? ¡El tamaño de tú cintura dice lo contrario!" el Señor mi Dios contesta.

Una silenciosa sirvienta negra le sirve el tiramisú a Raúl. Ella en ningún momento levanta sus ojos; me ignora por completo.

"¡Sí, he tenido que sacrificar mucho por Cuba!" declara Raúl.

"¿Y yo no he hecho lo mismo?" el Señor mi Dios contesta.

Raúl toma un bocado de su segundo postre, cierra los ojos y sonríe.

"Sí, te has sacrificado, Fidel," Raúl contesta. "Pero también yo he sacrificado mucho. ¿Acaso no recuerdas cuántos meses me negué a disfrutar de cualquier postre cuando yo seguía esa estúpida dieta de toronja que Elizabeth Taylor promovió en 1968 o 1969? ¡Bien, ha llegado la hora de compensar y gozar de esos postres que no disfrute en ese entonces!"

Si es verdad sólo los buenos mueren jóvenes, estos dos revolucionarios tienen una buena oportunidad a ser inmortales.

Los hermanos siguen discutiendo hasta que el tiempo juntos llega a su fin. Fidel me ofrece un platillo con sangre.

Después de lamer mi platillo de sangre, llega el momento para hacer una salida rápida hacia la seguridad de mi escondite debajo de la cama.

Ese es el único lugar seguro en todo lo que es La Habana mientras la Revolución continúa sin descanso.

# 8 El gato de León Trotsky

Será un milagro?

Nací con una ama como dueña pero acabe con un amo por dueño. Y no tuvo nada que ver con algo extraño como ser el compañero felino de un ser humano que era una persona transgénera.

Soy Carlos.

Mi ama fue Frida Kahlo, quien me llamo así en honor a Karl Marx. Mi amo fue León Trotsky cuando él me llevó a vivir con él en la Avenida Viena en la Ciudad de México en 1939.

"Te di la bienvenida a mi casa y te ofrecí santuario, y de esta manera me pagas, acostándote con mi esposa?" Diego Rivera le gritó. "¡Fuera de mi casa ruso miserable desgraciado!"

Rivera agarró a Trotsky por la solapa y corbata, lo empujó al piso, le escupió sobre él.

¡Yo estuve allí! ¡Fui testigo de todo!

La violencia me atemorizó y corrí de un lado de la habitación al otro, espantado y frenético, temiendo por mi propia seguridad. Sin embargo, Diego me tomó por el cuello con un agarre firme.

"¡Toma este gato! Al deshacerme de este animal será castigo para Frida y te recordará de tu traición. ¡Y te advierto que si no cuidas a esta criatura, buscare un pica hielo con su nombre para enterártelo en la cabeza!"

Esta es la manera en la cual cambie de ama a amo.

Sí, extrañé a Frida tremendamente. La amaba con toda mi alma. Era una loca, pero era una ama dedicada que me regaba de amor y cariño. León, como amo, fue indiferente. Frida, en comparación, me sujetaba firmemente contra su seno, me besaba, rascándome detrás de mis orejas, y me daba pechuga de pollo para comer, servidos en exquisitos platos de Talavera. León era frío y distante en la manera de los rusos. Esto no quiere decir que no estaba contento conmigo o que su vida en la Ciudad de México no le hizo feliz.

Sólo hay que tomar en cuenta este "testamento" que Trotsky le escribió a Natalia Sedova en febrero de 1940:

> Además de la felicidad de ser un luchador por la causa del socialismo, el destino me dio la felicidad de ser su marido. Durante los casi cuarenta años de nuestra vida en común, sigue siendo una fuente inagotable de amor, generosidad y sensibilidad. Ella padeció de grandes sufrimientos, especialmente en el último período de nuestras vidas. Pero encuentro consuelo en el hecho de que también hubo días de felicidad.
>
> Durante cuarenta y tres años de mi vida adulta me he mantenido un revolucionario; por cuarenta y dos de ellos he luchado bajo la bandera del marxismo. Si pudiera empezar de nuevo por supuesto trataría de evitar este o ese error, pero el curso principal de mi vida no cambiaría. Moriré como un proletario revolucionario, marxista, una dialéctica materialista, y, en consecuencia, un ateo irreconciliable. Mi fe en el futuro comunista de la humanidad no es menos ardiente, efectivamente, es más firme hoy, de lo que era en los días de mi juventud.
>
> Natasha se ha acercado a la ventana del patio y la abrió más ampliamente para que el aire pueda entrar más libremente en la habitación. Puedo ver el brillante verde de la franja de pasto bajo la pared y el cielo azul por encima del muro, y a la luz del sol en todas partes. La vida es hermosa. Que futuras generaciones la limpien de todos los males, la opresión y la violencia, y que la disfrute al máximo.
>
> L. Trotsky
> 27 de febrero de 1940

Su felicidad, sin embargo, no era mi felicidad y decidí regresar a los brazos de Frida. León y Frida vivían a una corta distancia en la colonia de Coyoacán. Ningún otro gato en la Ciudad de México conocía esa colonia como yo, Carlos.

Así huí de León y por mi propia cuenta salí rumbo a la Casa Azul que era el nombre de la residencia donde Frida Kahlo y Diego Rivera vivían. Di un salto por encima de los muros y corrí como loco hacia su recamara. Me acosté cómodamente en su almohada y espere su regreso. Pasaron horas durante las cuales disfrute en reposo, adormecido, encantado por el olor de su ropa y el calor del sol que bañaba toda la recamara. Antes de atardecer, apareció.

Cuando me vio, lloró de genuino placer.

"¿Eres un mensaje de León?" ella quería saber. "¿Me extraña tanto que no puede vivir sin mí?" se preguntó mientras ella me abrazaba. "Seré el amor de su vida?" se maravillaba en voz alta.

Diego apareció de repente.

"¿Es Carlos?" preguntó.

"¡Sí!" Frida confirmó con alegría. "¡Carlos ha regresado de nuevo! "

Diego miró primero a Frida y después me miró.

"Pica hielo," dijo.

Después se dio la vuelta y se fue.

# Louis Auchincloss
## y su gata

Desde mi punto de vista, la ventana, mirando hacia abajo sobre Park Avenue, o la Avenida Park, ubicado en el decimocuarto piso del edificio denominado 1111 Park Avenue, las estaciones son hermosas.

En el invierno, cuando nieva, los copos caen como pétalos en silencio, acallan el incesante sonido del tráfico. En el verano, la ventana abierta permite que el aire circule, lejos de los remolinos de polvo que el tráfico de Nueva York genera. En las otras temporadas cuento con el espectáculo del tráfico, ya que la ciudad y la vida que alberga, se desplaza de un extremo a otro en cada momento.

Louis piensa que me posee; yo no soy posesión de nadie.

Como prueba de ello, ofrezco este simple hecho: me siento, vertical, en una copia de *El gato y el rey* (*The Cat and the King*), novela de 1981 sobre el Rey Sol, Luis XIV de Francia.

¿El Duc de Saint-Simon? ¿De veras?

Me parece preponente para que un estadounidense dramatice la corte del rey francés Luis XIV, ¿no? Un tema semejante mejor corresponde a los novelistas franceses que son auto-obsesionados y presumidos. Los estadounidenses rara vez pueden presumir tal arrogancia inexplicable como los franceses, un hecho que, por sí mismo, da esperanza.

Es por eso que me siento en este libro y admiro las partículas de polvo que flotan en el aire—parecen como polillas minúsculas dando vueltas.

Mis amigas me llaman Mojigata. Pero tu me puedes llamar Priscilla. Ese es mi nombre propio; Louis me llamó en honor a su madre.

Mi nombre, en documentos legales, es Priscilla.

Ahora que ya sabes mi nombre, sin embargo, no creo que esto te de permiso para que tú me solicites a mí. Yo no puedo molestarme con cualquier tipo de solicitud de un desconocido cualquiera, ¿verdad?

Y si no puedo rayar las páginas de la edición corriente del *Registro Social de Nueva York*, más bien conocido como el *New York Social Register*, que Louis Keller publicó por primera vez en 1886, no puedo contemplar una razón por la cual tendría que aceptar una llamada tuya a mí.

Yo bostezo. Me lamo la pata derecha. Fijo mi mirada por la ventana.

En un estante del librero, cerca del sofá, se encuentran algunas de las novelas más conocidas de mi amo, *La casa de los cinco talentos (The House of the Five Talents)* (1960), *Retrato en Brownstone (Portrait in Brownstone)* (1962), *El rector de Justín (The Rector of Justin)* (1964), y *El malversador (The Embezzler)* (1966). Dios sólo sabe acerca de que se tratan; no las puedo leer y mi amo no las lee en voz alta. La única novela que conozco bien es *Su variedad infinita (Her Infinite Variety)* (2000).

Me sentaba en el alfeice contemplando el mundo, tal como se vive a lo largo de la Avenida Park, cuando él abría esa novela y se ponía a leer para sus invitados. Clara, la protagonista, se casa con Trevor Hoyt, un banquero. Trevor participa en la Segunda Guerra Mundial y tiene relaciones con una inglesa en Londres. Clara también tiene un amante en Nueva York durante la ausencia de Trevor.

Louis me mira cuando leía que Trevor describía a su esposa infiel como una "esposa de guerra que es infiel a su marido soldado."

En el mundo de los seres humanos, en el que una clase de moralidad se aplica a los hombres y otra a las mujeres, esto quiere decir que Clara una "perra fría" y Trevor era el agraviado esposo.

Aún ignoro por qué Louis me miraba a mí mientras leía secciones de esa novela en voz alta.

Yo supongo que, sin embargo, tomando en cuenta la reacción este cuento vil provocaba de sus invitados que sí era cierto lo que Gore Vidal dijo de él: "De todos nuestros novelistas, Auchincloss es el único que nos dice cómo nuestros gobernantes se comportan en sus bancos y en sus consejos, sus oficinas de derecho y sus clubes."

Nada de esto me importaba a mí.

Durante el sofocante verano, con la ayuda de varios pequeños ventiladores colocados en las esquinas de la habitación y las ventanas abiertas, se distribuía suficiente aire fresco para que yo pudiera tomar mi siesta por la tarde con toda comodidad. Después de mi siesta, me levanto para encontrarlo a él escribiendo. Recuerdo verlo sentado, tranquilamente escribiendo los monólogos *Manhattan* (*Manhattan*) (2002) y *La historia del lado este* (*East Side Story*) (2004), mientras me adormece y empezaba a soñar, soñando de dicha manera toda la tarde.

Era un hombre tranquilo, de conducta reservada y atento.

En mis años con él, la única vez que sentí una emoción fue cuando llegó una notificación en el año 2005 que sería honrado con la Medalla Nacional de las Artes, conocida como el National Medal of Arts.

"¡Es buena hora que ese filisteo Bush me reconozca antes de que me muera de un infarto!" le dijo a personas desconocidas por el teléfono.

Qué quiso decir con eso, ni lo sé, ni me importa saber.

Yo bostezo. Me lamo la pata izquierda. Fijo mi mirada por la ventana.

Contábamos con cinco veranos gloriosos más y otros cinco largos inviernos que íbamos a disfrutar juntos desde la perspectiva de 1111 Park Avenue, en Nueva York.

No puedo quejarme de mi vida después de Louis, porque yo no me inclino a quejarme.

Lo que puedo decir es que yo sí extraño las visitas ocasionales de su sastre para alterar sus trajes. Con el paso de los años, sus trajes tenían que ser alterados en vista de su disminución física.

Yo bostezo. Me lamo ambas patas. Fijo mi mirada por la ventana.

Esta es la manera en que hacemos que nuestra salida de este mundo a lo largo del tiempo, cómo nos marchitamos y reducimos.

Una visita del sastre tras otra visita.

Es importante que uno permanezca, hasta el final, fastidioso.

O mojigata, como en Priscilla.

# 10 El gato de Maquiavelo

El Maestro ha llegado!

¡Es de noche, pero el día está a punto de comenzar!

Nuestra casa, aunque modesto en comparación a las normas reales, es muy fina. Es un lugar cómodo y limpio, correcto y pacífico.

Mi nombre es Príncipe, pero incluso un príncipe está sujeto a un Señor. Si yo fuera humano, mi Señor sería Dios el Todopoderoso. Pero debido a que soy un gato, mi Señor es Niccolò di Bernardo dei Machiavelli, conocido en el mundo de habla hispano como Nicolás Maquiavelo.

Yo le llamo "Maestro."

El Maestro piensa. El Maestro medita. El Maestro escribe.

El Maestro explica su vida intelectual de esta manera: "Al atardecer, regreso a casa, y paso a mi estudio. En el umbral, me quito mi ropa de trabajo, cubierto de lodo y suciedad, y me visto con la ropa que un embajador desgastaría. Decentemente vestido, es que entro a las antiguas cortes de los gobernantes que ya murieron hace mucho tiempo. Allí, me reciben con una calurosa bienvenida, y me dan de comer el único alimento que me satisface y para el cual nací para disfrutar. No me avergüenzo de hablar con ellos y preguntarles que expliquen sus acciones y ellos, con mucho cariño, me responden. Cuatro horas sin que siento cualquier ansiedad. Todas mis preocupaciones se borran de mi mente. Ya no me da miedo ni la pobreza ni la muerte. Yo vivo completamente a través de sus hechos."

Mientras que el Maestro escribe sus manuscritos, me siento en la puerta de hierro fundido que se abre a la terraza. La puerta está siempre abierta para que permita al fresco aire nocturno que entre y refresque esta habitación que está mal ventilada.

El aire nocturno de Florencia es puro y refrescante. El cielo nocturno de Florencia es fresco y claro.

Esta noche se ven las estrellas fugaces que surcan los cielos. Me estoy sonriendo en la oscuridad, mis incisivos iluminados por el resplandor de las estrellas fugaces que cruzan los cielos.

Me pregunto cómo serán los cielos nocturnos en la amplia gama de las nuevas tierras del Nuevo Mundo que se encuentran al otro lado del océano. Se dice que son tan vastas como Europa, si no más.

"Ahora, en una república bien ordenada, nunca debería ser necesario recurrir a medidas extra-constitucional," el Maestro escribe.

Quiero el poder. Añoro la tiranía.

Yo soy un príncipe sin reino. Me gustaría gobernar a un principado en las tierras de la Nueva España o Nueva Ámsterdam.

"No permitamos que príncipes se quejen de los fallos cometidos por el pueblo sometido a su autoridad, ya que son enteramente fruto de su propia negligencia o mal ejemplo," el Maestro ha escrito.

Miro al cielo estrellado de la noche. Giro mi cabeza y miro al Maestro.

Me dan escalofríos de asco ante la vista de él . . . lo detesto. ¡Y te detesto a ti!

Con mis garras he dado las vueltas a las páginas de *El Príncipe* y he aprendido mucho de ella.

No me interesa la adulación; desprecio los elogios; no me fío de los que portan buenos modales.

"El hombre es tan felizmente absorbido en sus propios asuntos y disfruta del engaño a sí mismo que para él es difícil no caer víctima de esta plaga, y algunos de los esfuerzos para protegerse de los aduladores corre el riesgo de que uno sea despreciado," el Maestro ha escrito.

Este Príncipe ha aprendido.

Quiero nada más que llores hasta que llegues a la sumisión.

Quiero que me respetes y me tengas miedo; tu amor y adoración no me importan.

"El hombre ha imaginado repúblicas y principados que nunca existieron en la realidad. Sin embargo, la manera en que los hombres viven están tan lejos de la forma en que debemos vivir que quien abandona lo que es de lo que debería ser sigue su caída en lugar de su preservación; para un hombre que se esfuerza hacia la bondad en todos sus actos ese hombre llegará a la ruina, pues hay muchos hombres que no son buenos," el Maestro ha escrito.

La terraza está adornada con plantas en floración. Los pisos de piedras se enfrían según avanza la tarde. Miro al Maestro, bebiendo coñac mientras pone su pluma hacia abajo por un momento. Enseño mis incisivos por un momento.

Me dirijo una vez más y miro el cielo nocturno. Se ven estrellas fugaces—supongo que podría aparecer a un chino como aliento de fuego de dragones o el aliento de fuego de serpientes emplumadas como creen los aztecas.

Las interpretaciones son libres para inventar y dan lugar a todo tipo de opiniones.

"La verdad es que uno quisiera ser, a la vez, la una y la otra; sino porque es difícil de combinar ambas, es mucho más seguro ser temido que ser amado si no puede ser ambos al mismo tiempo," el Maestro ha escrito.

Me hace temblar de asco sólo en pensar en ti.

Soy el Príncipe.

# El felino de María Félix

**P**ocos son los días sin leche y miel. Aún menos son los días sin ... *drama*.

No es fácil ser hermosa. No es fácil ser agobiada por las responsabilidades que impone la belleza exquisita. Así es.

*Señal: pausa dramática.*

Estoy seguro de que eres lo suficientemente experto para reconocer los diamantes verdaderos en mi collar cuando vea los diamantes verdaderos en un collar.

Cuando uno es la mascota de la Diosa de la Edad de Oro del Cine Mexicano, uno vive el sueño de gozar de la vida en el aroma de la seducción.

María Félix es dueña del diamante denominado Ashoka, ¡tan intachable como mi ama! Se demoró Cartier París más de un año para crear un collar de diamantes en forma de serpiente que ella le encargo en 1968. Hecho de oro blanco y platino, la serpiente era completamente articulada con incrustaciones de 178,21 quilates de diamantes.

Yo lo sé. ¡He tenido tiempo suficiente para contarlos!

María Félix acostumbra descansar cada tarde. En su recamara, al lado de la ventana, ella tiene un precioso *chaise longue*, cubierto en tela de seda y almohadas. Ella se reclina en la manera más glamorosa con gestiones dramáticos, como si se estuviera preparando para que le tomen su foto al estilo de Marlene Dietrich o Greta Garbo. Es así como se prepara para tomar su siesta de la tarde.

Es entonces cuando me acerco y reposo mi preciosa cabeza en sus senos, descansando mi mejilla izquierda sobre su corazón.

Cuando ella tiene puesto su collar de serpiente de diamantes me quedo asombrado de cómo los diamantes chispan. Sigo la luz de los diamantes con mis ojos y me hacen feliz.

Ella me llamó Ashoka porque, María Félix dijo: ¡Me recuerdas a un diamante perfecto!

¡Sonríe cuando toco los diamantes como si intentara captar las chispas!

Eso es lo que estoy tratando de hacer, pero no puedo dejar que se dé cuenta.

Su marido, Alex Berger, no le gusta que descanse sobre su pecho, o que "garre" a sus diamantes. Ella mueve sus ojos con desprecio.

"Tú tienes tus caballos de purasangre para disfrutar," le dice en mi defensa. "¡Yo tengo a Ashoka a quien consiento porque me hace feliz!"

Consentir mis deseos de felino le da gran placer a mi ama.

A continuación, en ocasiones, también le dice: Soy una fiera y necesito alguien que cobrará mi equipaje en esta vida . . .

Monsieur Berger no dice nada. Él se acerca y la besa en ambas mejillas, me acaricia detrás de las orejas, y se retira.

María Félix es tan feroz como una pantera. Tiene que ser. Eso es lo que este mundo exige de uno si uno quiere siempre contar con leche y miel.

Estoy seguro de que le parece que la visión de María Félix, con una extravagante pieza de joyería puesta en las tardes, mientras descansa sobre *chaise lounge* y un felino tomando una siesta en su seno, es una imagen obscena.

*Señal: pausa dramática.*

Sé que no le importa. ¡A mí tampoco!

Su mano descansa sobre mi cuerpo. Mi pata descansa en sus diamantes. El calor de mi cuerpo la calma. El latido de su corazón es un ritmo que me calma para que pueda dormir.

Después de una hora de siesta, ambos estamos refrescados, listos para tomar el mundo, sea cualquiera cosa que se presente en la tarde o en la noche.

Es buena. La vida.

Esta tarde un hombre de Nueva York llamo preguntando si podía reunirse con ella. Su nombre era Thomas Hoving y quería su opinión sobre ciertas ampliaciones previstas para un museo en Nueva York donde es director.

¿Quiere saber si ella le puede dar consejos sobre cómo armar una recepción en el museo que sea aún más glamoroso?

María Félix se sentó, con el teléfono en una mano, mientras ella me sujetaba contra su pecho.

¿Puedo? ¡Claro! respondió, con una risa.

*Envíame un avión para recogernos en el catorce del mes próximo, le voy a mostrar cómo realizar una apertura en el museo que sea el evento social de la temporada neoyorquina, Thomas.*

¡Un jet privado de Nueva York llego para recoger a mi ama!

*Señal: pausa dramática.*

Cuando eres bella, el mundo te desea. Cuando uno cuenta con una inigualable belleza, el mundo te añora.

Yo supongo que, en Nueva York, hay collares incrustados con diamantes dignos de mí, Ashoka, el felino de María Félix.

¿Supones que así será?

# La gata de Marilyn Monroe

Soy el templo de todo el aprendizaje.

Esta declaración proviene del maullido de una gata aunque puede parecer como una cosa arrogante. Sin embargo, no es así cuando se trata de mí. Mi declaración no nace del orgullo. Es la constancia de un hecho: *yo soy el templo de todo el aprendizaje.*

Durante mi tiempo con mi bella ama, me convertí en su musa. Yo era una lección que ella tenía que aprender. Me sentaba en una hilera de sol durante horas y contemplaba su belleza. Era, para mí, una meditación. Y fue mi paciente admiración, con mis ojos fijos sobre ella, que aprendió a ser contemplada sin convertirse en sujeto cosificado.

Para una ama, que vivió su vida bajo la mirada del mundo, el poder de la meditación fue el endiosamiento del hechizo. Una vez rota, la mente y el corazón ya no están abiertos al afecto o el desprecio. Meditación que arroja el hechizo de la incredulidad.

*El hechizo es todo.*

Sí. Los hechizos hacen que el mundo sea manejable. Sí. No hay mayor fuerza que la que viene cuando uno puede soltar lo que ama, cuando uno puede a aceptar al final lo que viene al decir adiós.

Me acostaba sobre un cojín y admiraba la mesa cerca de la ventana. El sol brillaba en toda la habitación. La mesa se iluminaba. Había libros sobre la mesa—escritos por Sylvia Path y Anne Sexton—como si una escritora estuviera en competencia con la otra. Estos eran libros torturados, con maravillosas meditaciones de estas dos mujeres enfermas mentales. Los rayos del sol bañaban los libros apilados en la mesa con su luz cálida, situados junto a jarrones llenos de flores. Esas flores perfumaba con su aroma todas las habitaciones.

Los libros pasan al olvido y las flores se marchitan. Con el tiempo hasta la memoria se desvanece.

Con el tiempo la libertad nace de la reflexión.

Con el paso del tiempo es que vienen las epifanías. Cuando el aprendizaje se pasa a otro ser humano a través de la mirada de una gata, no es fácil de olvidar esa lección.

Mi meditación era su fortaleza. Mi mirada le dio el poder de la creación. Mi ronronear fue una llamada a la libertad.

*No hay nada más que enseñar.*

Me he bañado en la calidez del sol que inunda la casa a través de las ventanas del hogar agradable de mi ama.

> No hay más lugares para reposar.
> No hay ninguna grieta en el cual no me he escondido.
> No hay ventana en la cual no he dormido.
> Mi ama no ha sufrido ninguna decepción de la vida
> por la cual no he llorado.

Le enseñe el poder de trascender el sufrimiento del presente para que aprecie la serenidad de lo eterno. Le enseñe esto a través de los movimientos elegantes de una felina. Esta gata fue sublime, pero al mismo tiempo fui un disturbio civil en la manera en que bailaba sobre los muebles, como si estuviera en una pasarela, realizando conjuros de encantamiento. Esta gata fue un templo de silencio meditativo.

El poder de mi ama para crear proviene de entender la diferencia entre la creatividad y la destrucción de sí mismo.

Con estas lecciones enseñadas y estas lecciones aprendidas sólo quedaba una última lección: *La finalidad del adiós.*

Es entonces que me ronronee mi último adiós. Y a través de una ventana abierta, salte y corrí y corrí y corrí por los jardines que rodean la casa de mi ama. Y en un momento más, me pase las rejas de hierro y corrí y corrí, aún más y más rápido y más lejos.

Disfrutando de la libertad y la liberación que fue el acto de dejar de ser suya, como ella lo había dejado de ser de él, corrí y corrí lejos de la fortaleza de su corazón.

Con mi firme mirada fija hacia adelante, me encontré en la calle con la esperanza de llegar a la libertad del otro lado.

# 13 Maestro Edward Gorey y su gato

*Me siento al piano y las teclas las azoto,*
*Te arrodillarás tanto por el ruido de mi alboroto.*

Cómo te gusta?

Me tomó casi un año para crear este refrán. ¿Qué más se espera? Soy un gato.

Mi amo es Edward Gorey, un homofilia vagamente perturbado que se dedica a crear relatos y dramas inquietantes que se despliegan en la época victoriana y eduardiana. Él trató de negar estar confundido sexualmente cuando le dijo al escritor Andrew Theroux que, "ni soy una cosa ni la otra. Tengo la suerte de que al parecer soy razonablemente desinteresado por completo por la sexualidad o algo así . . . Nunca he dicho que soy homosexual y nunca he dicho que yo no los soy . . . lo que estoy tratando de decir es que lo primero es que soy una persona antes de ser nada más . . ."

*Aja, él y Gore Vidal.*

Lo que sí le puedo decir es que no puedo imaginar otra criatura en este mundo que pasara tanto tiempo masturbándose como Edward Gorey. Ese pobre hombre era masturbador crónico y maníaco. Ah, por supuesto, él era bien conocido por presumir muchos anillos en todos los dedos este (excepto los pulgares) y por los pesados abrigos de piel y zapatos de tenis que usaba. Lo que la mayoría de la gente no se daba cuenta es que se ponía ropa interior roja y corsetería de mujer debajo de su abrigo de piel. La lencería roja de mujer le despertaba lo libido a tal grado que no se podía creer.

Me encantaba eso de él.

Yo, sentado desde mi lugar favorito encima del piano, le podía ver la parte de atrás de su cabeza cuando él se sentaba en el sofá ubicado al otro lado de la sala, desabrochaba su abrigo de piel, y se dirigá a su pasión: masturbarse.

Al terminar, levantaba el teléfono para hablar con fulano de tal sobre esta u otro punto de la semiótica del vestimento, mientras caminaba por la habitación, su abrigo de piel abierta y presumía su lencería de encaje de color carmesí. Cuando "Victoria's Secret" abrió su primera tienda en Nueva York, el amo Gorey casi se babeaba de anticipación y excitación sexual.

Le voy a contar otro secreto: El amo Gorey era un caníbal en su imaginación.

Cuando cumplí mi primer cumpleaños, él me puso en mi cabeza un sombrerito de cono como usan los niños en sus fiestas, cosa que no me gustó en nada, y él me dio mi nombre: El Sr. Anthro Pophagy.

(Sí, es cierto. Durante mi primer año de vida no tenía nombre.)

Una vez nombrado, quede muy contento.

Me encantaba el nombre. Extendí mis bigotes de puro gusto. ¡Me encantó el uso honorífico de mi nombre! Y era un nombre que podía presumir.

*El Sr. Anthro Pophagy.*

¡Si no sabes que significa, sírvase a usar un diccionario!

Con un círculo felino marcaba los contornos del piano de pura alegría. A continuación de celebrar mi primer cumpleaños, y sin previo aviso, él leyó un poema que compuso para mí. Todavía lo recuerdo:

*Mi felino goza de hígado humano.*

*Un bocado felizmente entregado.*

*Su rabo vibra*

*Cuando él anticipa*

*El caníbal con cuchillo bien afilado.*

¡Allí! Me he expuesto a mí mismo.

Sí, los chismes son ciertos: el amo Gorey le gustaban los caníbales y a menudo contemplaba cómo mejor se prepara la carne humana para consumo humano.

Él no era simplemente un hombre peludo y excéntrico que usaba abrigos de piel de invierno durante los cálidos veranos en Nueva York, que se dedicaba a escribir escenas distópicas de romance que supuestamente se desarrollaban durante la época victoriana y eduardiana. Él era mucho más que un pobre hombre normal salvo a algunos hábitos extraños.

Fue tanto un caníbal como un recluso cariñoso, como un tío querido que nunca formo su propia familia.

Tenía muchos gatos en su casa.

Sé que yo era su favorito, sin embargo. Sé que fui su modelo. Él se acercaba a mí y me rascaba detrás de las orejas y yo me geminaba de placer. "Tus suspiros son lentos pero muy eróticos," me decía, sonriéndole, rascándome detrás de las orejas más antes de que se alejara.

A los otros gatos los espantaba para que no se subieran a los muebles. Pero qué más puedo decir: yo era el único que permitía reposar sobre el piano.

Y yo era el único que consumía carne humana para mi cena.

Ese acto, para mí, un invitado dudoso si cosa semejante alguna vez ha existido, era felizmente entregado.

# El gato de la Señora Kennedy

Me gustaría contar con el consuelo de la fe.

¿Cómo es que mi ama cuenta con el consuelo de la fe?

He contemplado la sonrisa en su rostro mientras las lágrimas aparecen en sus ojos.

Aquí estoy retozando a su lado, tan abatido como un perro. En toda su tristeza, que también es mi tristeza, yo también me siento desamparado.

Me gustaría contar con el consuelo de la fe.

¿Cómo es que mi ama cuenta con el consuelo de la fe?

Fue en esos días oscuros en noviembre de 1963, cuando la luz del sol disminuye en anticipación del invierno, que la Señora Kennedy se mantuvo distante y lejana. No me miraba mientras me acariciaba la cabeza y el cuerpo; sus manos pasaban sobre mí, en un movimiento de una caricia, pero no era como antes.

Ya no era como antes de Dallas.

Sin embargo, ella sigue firme en su fe. Un día, ella cree, se reunirán de nuevo en el Paraíso. Ella habla en voz alta sobre ello. Ella le dice esto a sus dos hijos.

Sus hijos se resisten y se escapan de su abrazo.

Es entonces cuando se pone de pie y camina de un lado a otro lado de la habitación. A veces mira por la ventana. De vez en cuando se mueve hacia su escritorio. Revisa el montón de cartas y recortes de prensa que se acumulan en su escritorio.

Sólo uno resalta. Es éste el que recoge, lee y relee otra vez, mientras le acaricio sus tobillos y espinillas con mi cuerpo.

Publicado en el periódico *The London Evening Standard*, Lady Jeanne Campbell declaró: "Jacqueline Kennedy le ha dado al pueblo estadounidense . . . una cosa que siempre han carecido: majestad."

Los días se mezclan uno con el otro. Las noches son frías, sin confianza.

Es en este dolor, tan obscuro, tan bruto, tan intenso que la conservo más que nunca. Me duele ver su rostro, y es sólo cuando puedo tocarla que encuentro la fuerza para superar la soledad y esperar la llegada de la luz de la mañana.

*Con gusto daría todas mis vidas de gato para que él pudiera volver a ella.*

Sin embargo, estoy seguro de que llegará el día cuando mi ama reirá una vez más. Sí, ese día llegará.

Y cuando llegue, será majestuoso.

Yo soy el gato de la Señora Kennedy. Y mi ama es majestuosa.

# La gata de Murasaki Shikibu

H ay veces los padres son crueles, no porque lo quieren ser, sino porque no se expresan con cuidado.

Yo soy Dama y mi ama es la Dama Murasaki. Este es el primer año del siglo X de la Era Común y vivimos en Japón. Noticias han llegado del Palacio Imperial que la Emperatriz Shōshi, mejor conocida en como la Emperatriz Akiko, desea que la Dama Murasaki acepte el honor de ser una dama de la corte Imperial.

Este acontecimiento es razón de mucha alegría en la familia de Murasaki Shikibu. Shikibu me abrazo aguantándome a su pecho al enterarse de las noticias y me dijo: "¡Dama, el destino nos bendice otorgándonos esta oportunidad! ¡Ahora viviremos en la Casa Imperial!"

Esta gata es lo suficientemente inteligente como para darse cuenta que el padre de la Dama Murasaka probablemente lamenta haberle dicho una cosa desagradable hace años atrás. Él no tiene la intención de lastimar el orgullo de Shikibu, pero así fue. Así es cómo sucedió: asombrado de su intelecto y la rapidez con que aprendía en comparación con su hermano, su padre le dijo, "¡Si hubieras nacido varón, Shikubu, lo feliz que debía de ser!"

Shibuku sonrió y fue muy atenta, pero despúes ella lloró hasta que se durmió mientras yo me acostaba sobre la cama de tatami junto a ella. Lamí las lágrimas que caían de su rostro y mojaba su cabello. Lloró porque ella ya no quería ser una niña, si al convertirse en un niño, su padre estaría aún más orgulloso de ella.

Fue un lamento infantil de una niña inmadura. Hice todo para consolarla. Así debe de ser: a fin de cuenta, *soy una dama*.

Todo esto sucedió años atrás. Al crecer, Shikubu se dio cuenta que los padres pueden decir cosas que llegan a lamentar. Shikubu, cuando ella llego a ser madre, pronto aprendió que ningún padre o madre es perfecto y todos los padres tienen momentos en que se dudan a sí mismos. Claro que ella amaba a su hija e hizo todo para ser la madre más sabia que podía ser, y ni así superaba la duda que ella jamás estuvieran en un error.

Sin embargo, durante este glorioso Período Heian en Japón durante el cual Shikubu se ha convertido en la Dama Murasaki y fue convocado a la corte Imperial como dama, una oportunidad que le brindaría horas de ocio en las tardes.

Fue durante este tiempo que nos retirábamos a nuestras cámaras—la Dama Murasaki y yo—a contemplar el mundo y pensábamos de los varios aspectos de la vida. Vestida en su kimono de seda, descansaba sobre las almohadas en una esquina, mientras yo rayaba los tapetes de tatami antes de acercarse a mi ama y acurrucarme junto a ella. Reposo mi cabeza en sus tobillos. Ella me acaricia cuando toma un descanso de tanto escribir.

En su diario—debo confesar que rayaba la voluta hasta que se extendió—una entrada decía: "¡Efectivamente, fue un momento en la historia de nuestro país cuando toda la energía de la nación parece que estaba concentrada en la búsqueda de los más bonitos métodos de montar el papel de volutas!"

¡Y se me hizo una gran tarea enrollar esa voluta!

Hasta hoy en día no puedo entender cómo nunca se dio cuenta. ¡Supongo que mi dama está muy preocupada por los asuntos de la corte Imperial para darse cuenta de mí, su gatita traviesa!

"Dama, tú eres mi confesora," la Dama Murasaki me decía, mientras me aguanta junto a su pecho. Me besaba sobre mi cabeza y, en un momento más, me colocaba sobre el tapete de tatami.

Luego regresaba a sus escritos. Si le interesa saber, sus escritos constituyen una relación que los hechos desimaginados sobre sus observaciones de los detalles de la corte Imperial y su vívida imaginación. Por mi parte, yo ronroneaba a su lado y cuando lo hacía, su mano me acaricia la cabeza.

Las palabras fluían fácilmente a formar oraciones. Las frases salían una tras otra para formar una narración. La narración se ensamblaría en una historia épica: *La Historia de Genji*, conocida en el mundo de habla hispano como *Genji Monogatari*.

Esta Dama maúlla mientras la Dama Murasaki leía pasajes de su novela en voz alta. Su propósito era de leer en voz alta para el placer de pequeños grupos de damas reales que se reunían para tomar té verde y consumir los diversos pasteles de arroz conocidos como mochi. A veces, otras damas se reunían en la cámara de la Dama Murasaki, donde se servían tazas de té verde y dulces de mochi, para levantar los ánimos de las damas asistentes.

Dama Murasaki se ponía de pie y leía:

> En un cierto reinado hubo una dama, no de primer rango, quien el emperador amaba más que a cualquiera de las otras. Las grandes damas con ambiciones altas pensaban que era una insolente advenediza, y las menores damas fueron aún más resentidas. Todo lo que ella hacía ofendía a alguien. Probablemente consciente de lo que estaba ocurriendo, cayó gravemente enferma y llegó a pasar más tiempo en casa que en la corte.
>
> Es posible que debido a un enlace en una vida previa que ella le dio al emperador un hermoso hijo, una de las joyas más allá de cualquier comparación. El emperador ardía de fiebre así era su impaciencia por conocer al niño a la mayor brevedad posible de días al saber del parto. Cuando el infante llegó a la corte, las plantas paulownia estaban llenas de flores en el jardín . . .

Me sentaba en posición vertical. Sentía tanto orgullo del encanto con el cual mantenía a su audiencia. ¡Sus palabras le daban felicidad a estas damas reales, llenándolas de emoción y sus escritos así lo harían a multitudes de lectores a través de los siglos por venir!

¡Mi bella ama poseía el don de encantar, al igual que todas las *damas* cuentan con ese don, independientemente de su especie!

# El gatito de San Martín de Porres

Donación es mi nombre. Soy un gatito. Y puedo volar.

¿Usted no me cree? ¿Usted no cree que un gatito pueda volar?

Bueno, se equivoca. ¡Sí puedo volar y se lo voy a mostrar!

Pero antes de hacerlo, usted tiene que comprender donde estoy y quien es mi compañero humano.

¡No puedo llamarle amo! Él odia esa palabra. Esto se debe probablemente a que su madre, Ana Velázquez, nació esclava en un lugar que se llama Panamá. Su padre, Juan de Porres, un noble español, los abandonó poco después de su nacimiento.

No todos los nobles son noble.

¿Cuál sería la razón que un hombre abandonaría a su hijo y a la madre de su hijo? Algunos dicen que es porque la madre de Martín fue una esclava. Otros especulan que fue porque ella era una negra. En ese entonces había un fuerte sentido prepotente entre los europeos caucásicos que radicaban en las colonias de España en los siglos XVI y XVII, especialmente en lugares como Limá, que se convertiría en la capital del Perú en lo futuro. Después de que esa pobre señora quedo sola y desamparada, Ana Velázquez se mantuvo a ella misma y a su joven hijo Martín trabajando como lavandera. Vivían en la pobreza y en constante necesidad.

¡Probablemente soy un gatito mestizo yo mismo! Tengo pelo blanco y pelo negro. ¡Pero yo me veo guapo!

Ser negro o blanco es diferente para un gato que si eres un ser humano. Si eres un gato, esta combinación te hace adorable. Si eres una persona mulata, esto te confina a una vida de pobreza.

141

Fue la pobreza de su familia que motivó a Martín a ofrecerse como voluntario, a los quince años de edad, a la Tercera Orden de Santo Domingo. Lo aceptaron como un joven sirviente. Pero Martín era muy inteligente y el previo del Santo Rosario, Juan de Lorenzana, era muy cristiano. Reconoció algo diferente acerca de Martín y le permitió, en violación de la ley que prohíbe a las personas que eran mestizos o mulatos, de inscribirse a la profesión de hermano lego en la orden dominicana.

Es entonces que el Espíritu Santo poseo a Martín.

¡Es entonces que los milagros comenzaron a manifestarse!

El primer milagro fue algo inexplicable hasta hoy en día.

Un día, los hermanos dominicanos se dieron cuenta que había una plaga de ratones en el monasterio y que esta plaga hacía sus nidos en los pliegues de los vestidos de lino para los pobres, algunos de los cuales eran muy caros. Se dice que el costo de un manto podría alimentar a varias familias durante más de un año; habían cientos de estos vestidos de lino. El plan era envenenar a los ratones para librarse de la infestación. Martín se opuso al plan para matar a los ratones.

¿Sería que quería contar con los ratones para que pudiera practicar mis técnicas de cazar?

¡No, eso es una tontería!

¡Martín no quería que mataran a los ratones! Él no quería que ningún mal les llegara a ellos.

Así que él fue a los armarios donde los vestidos de lino se guardaban, abrió las puertas y se puso de rodillas. Luego habló con los ratones, diciéndoles, "Hermanitos, ¿por qué ustedes y sus compañeros están causando tanto daño a estas cosas que son pertenencias de los enfermos? Miren, yo no les voy a matar, pero les propongo que ustedes y todos sus amigos se unan y se muden hasta el lugar más lejano del jardín. Todos los días les daré de comer si dejan el vestuario en paz."

En un instante, toda la sala se animo con el movimiento de cientos de ratones que corrían, buscando sus caminos a la puerta, y corrían por el pasillo hasta llegar a los jardines que rodeaban el monasterio. Martín cumplió con su palabra y él se aventuraba todos los días hacía los jardines para alimentar a los ratones. Yo seguía detrás de él y me quedaba tranquilo para ver; los ratones sabían que yo sólo quería jugar con ellos y no les iba a hacer ningún daño de cualquier tipo.

Los dominicos no entendían cómo estos nidos de ratones podrían vivir en los jardines sin que infestaran al monasterio. Estaban más asombrados por la capacidad de Martín de levantar su mano y así mantenía los ratones bien quietos.

A mí no me importaba. Todo era gran diversión. De mi punto de vista, con los ratoncitos ahora contaba con otras pequeñas criaturas con las que podía jugar, seres quienes no me tenían temor alguno.

Bueno, eso no es *totalmente* cierto . . . había un hermano que insistía en revisarme completamente para ver que no tenía ni pulgas ni garrapatas después de haber estado en el jardín con los ratones por un largo tiempo. ¡Qué pena!

Pero estos no fueron los únicos poderes milagrosos con los cuales Martín contaba—el poder de comunicarse con los roedores y controlarlos.

Él contaba con el poder de levitarse. Él podía desafiar la gravedad y volar centímetros por encima del suelo.

¡Yo me aferraba a su manto! ¡Yo me escondía en sus bolsillos! ¡Yo me acomodaba dentro de su cubierta! Hacía todo lo que podía para subirme a su persona cuando estaba a punto de levitar.

No sé cómo lo hacía, pero siempre sabía cuando estaba a punto de levitar.

Yo me aferraba a los mantos de este hombre que algún día se convertiría en San Martín de Porres, el santo patrono de los mestizos o mulatos y de quienes trabajan para la armonía entre las razas, momentos antes que, poseído por el Espíritu Santo, se levitaba.

¡El momento en que él se levitaba, entonces yo también estaba en vuelo!

Nos elevábamos por encima de las mezquindades del mundo y en desafío de la gravedad y el fanatismo.

Milagro de los milagros.

# La gata de Savitribai Jyotirao Phule

Bailo, viva y libre!

¡Bailo parada en mis piernas traseras para ver si puedo tocar el cielo con mis patas!

Bailo rodeada de paños de velos.

¡Los colores de la India son los colores de la exuberancia. Son los colores de la vida!

Yo soy una gata alegre y mi nombre es Saraswati.

Mi ama es Savitribai y ella me quiere mucho. Cada mañana, mientras reza, me acerco a ella y quedo asombrada por su devoción.

Pide una cosa y solo una cosa: la fuerza para que pueda abrir la primera escuela para niñas en la India que existe durante la época del Raj británico.

En la misma manera que los velos en la casa de mi ama se mueven en la brisa de la tarde, así son las curvas de mi cuerpo cuando bailo sobre los pisos. Sí no lo sabes, Saraswati es el nombre de la diosa del aprendizaje. En la mitología, ella está asociada con el flujo del agua. En la misma manera que el agua fluye sobre las curvas sensuales del cuerpo femenino, el aprendizaje fluye sobre las mentes de los estudiantes.

El salón de mi ama está envuelto en velos traslucientes de color rojo, naranja y caléndula. Amplifican la luz del sol que entra a través de las ventanas. En la mañana, los colores son vivos y deslumbran; en los atardeceres, los colores son robustos y fuertes.

Es alegre tomar vuelo y correr a través de la habitación histérica, corro entre los velos y doy carreras con vertiginosa velocidad. La exuberancia sin límite y la aleatoriedad de mis carreras por toda la habitación me llenan de alegría.

Me apuro a una esquina, y, a continuación, doy prisa al otro rincón. Silbo una presa de mi imaginación o pretendo escapar una amenaza. Me doy prisa como flecha y doy saltos de felicidad al estar viva.

Es una celebración de la vitalidad y hace que los velos se muevan como un torbellino de luz, translúcido y efímero.

Savitribai no sabe qué pensar de mi exuberancia. Ella se sienta en silencio mientras reflexiona, ofreciendo incienso a la diosa del aprendizaje.

La diosa en cuyo honor mi ama me nombró escucha de sus oraciones y le contesta en lo afirmativo.

Ay, suficiente motivo para dar una corrida a través de la sala para un baile frenético y alegre.

El año es 1852 y Savitribai es la primera maestra femenina en Raj británico, el nombre colonial de la India, y ella se siente abrumada de gratitud: ella está a punto de abrir la primera escuela de niñas de la casta de los Paria, mejor conocidos como la clase de los Intocables.

Habrá una gran resistencia. Tendrán que soportar los dolores de las piedras lanzadas contra ella y sus alumnas por los que se niegan a aceptar que las mujeres tienen derecho a aprender.

Esto no hará que se den por vencidas.

De la misma manera el Ganges fluye a través de las tierras de la India, también fluye la diosa del aprendizaje a través de los deseos de las mujeres en la India.

Pasarán los años y Savitribai soportará los insultos de misóginos, las piedras de fanáticos que creen en el sistema de castas, el desdén contra la paria y los que quieren defender las medidas más represivas de la vida en la India durante la época del Raj británico.

Con la bendición de la diosa, la escuela prosperará y las mujeres jóvenes aprenderán y serán empoderadas.

Pero son muchos los desafíos y el régimen Raj británico casi se derrumba a raíz de una pestilencia. La Gran Plaga de 1897 enciende a la India.

Algunos culpan a las mujeres por la plaga. Otros culpan a los ingleses.

A pesar de todos estos acontecimientos Savitribai y su marido, Mahatma Jyotirao Phule, perduran como el Ganges perdura.

El sol de la mañana y el de la tarde se deslumbra a través de las ventanas de su casa. Las ricas tonalidades de la vibrante vida se mueven entre las cortinas de seda en la brisa. Doy de bestezuelas con abandono en medio de los velos, mi sombra visible a través de las transparentes franjas de los paños.

Es un motivo de orgullo cuando digo que mis movimientos felinos, dándose mi audacia, y mis sombras proyectadas a través de las telas de los velos sí son como poesía.

De hecho, es ahora que Savitribai empieza a componer su propia poesía en la tradición de Marathi. Cuenta con tanto éxito que se recuerda como uno de los pioneros de la poesía moderna de la India.

¡Yo soy su musa!

Ella admira el cuerpo de la diosa Saraswati y es como mirar a las suaves curvas de un felino.

¡Bendecidos son los pobres! ¡Bendecidos es la Paria! ¡Suyo es el mundo entero y las maravillas de la vida!

Yo bailo y me siguen cazando entre los velos de color que se mueven en las corrientes de las brisas frescas de la India.

Todo este tiempo el Ganges fluye sin pausa hasta que llega al mar.

A pesar de los obstáculos puestos en su camino por los hombres, las mujeres jóvenes aprenden una por una.

Aula por aula.

Una casta por una casta.

Y yo bailo como si un río de velos fluyera sobre mi cuerpo. Los velos se mecen al moverse en la brisa que mis propios movimientos crea.

¡Ella enseña! ¡Ellas aprenden!
Niña por niña.
Una por una.

# 18 El gato de septiembre

Estoy disfrutando del sol que ahora me baña a través de la ventana. Es un cálido sol en este día frío del otoño.

En Nueva York, uno tiene suerte si las ventanas de uno no se encuentran en la sombra de alguna torre.

El sol que baña la recamara le encantaría a mi amo, pero él permanece ausente de nuestro hogar. Él no está aquí y lo extraño.

Mi plato está vacío de comida y he pulido toda mi agua. Por el momento, solamente el sol me ofrece compañía.

Me quedé en la cama en una franja de sol y me fui a un sueño profundo. He tratado de recordar dónde fue mi amo. Víctor es así, de vez en cuando simplemente desaparece por un día o dos sin previo aviso. Sin embargo, cuando se va como es su costumbre llena mi plato de bastante comida.

Volverá; siempre ha vuelto. Pero estoy tratando de recordar otro septiembre cuando Víctor, ese mi compañero sensible, desapareció de esta manera.

No lo puedo recordar.

Perdóneme si tengo sueño. Estoy cansado y me siento débil. No estoy acostumbrado a la luz de tanto sol que entra por la ventana; calienta la habitación con tanto sol ahora que estoy viviendo en la sombra de alguna torre.

Dejo mi cabeza sobre la almohada. Me siento, más soñoliento que nunca, caer en un sueño mientras trato de recordar otro septiembre semejante y no puedo. Sueños que he mantenido junto a mi almohada ahora parecen desvanecerse mientras intento recordar las cosas.

Lo único que sé es que hace días que no se ha encendido la vela a la Virgen de Guadalupe.

¡Y entonces, de repente, oigo un golpeteo en la puerta!

"Víctor," una voz masculina grita mientras él azota furiosamente en la puerta. "¡Víctor! ¡Víctor! Es el Superintendente. ¿Estás ahí?"

Trato de levantarme, pero tropiezo y pierdo el equilibrio. Todo lo que puedo lograr, por alguna razón, es un débil "miau."

"¡Víctor! ¡Por favor, dime que estas ahí!" el Superintendente grita, mientras se escucha el rumor de las llaves.

Hay otras voces en el pasillo. Yo trato de maullar.

La manija hace un ruido cuando abren el candado. Una mirada a vuelo de pájaro confirma es el Superintendente. Esta acompañado por personas desconocidas. Levanto mi cabeza de la almohada y maúllo.

Revisan nuestro pequeño departamento. Un hombre lleva un uniforme que dice "Local 100." Otro sostiene un portapapeles que dice "Sindicatos de Empleados de Hoteles y Restaurantes."

Logro otro débil "miau."

El Superintendente viene hacia mí, se sienta junto a mí y, sin razón, empieza a sollozar.

"¡Ay, Dios, por favor, no, no puede ser!" dice mientras llora, sus manos cubriendo su rostro.

Uno de los desconocidos se me acerca, me levanta y susurra: "¡Pobre gato, te estás muriendo de hambre!"

¿Será cierto?

Me lleva a la cocina, abre las puertas de los gabinetes. Él encuentra comida y abre una lata de alimentos para mí y lo coloca en el comedor. Él se mueve al grifo y llena un taza pequeña con agua.

*Alimentos. Agua. Sustento.*

Otro desconocido marca su teléfono celular.

"Estamos dentro. Él no está aquí," le dice a alguien. "El Super nos abrió."

Los hombres convienen. El Superintendente se calma para responder a unas preguntas.

"Él estaba programado para trabajar la cocina en el undécimo," uno de los desconocidos le dice a quien está hablando a su teléfono celular. "Se le pagaba en efectivo, por lo tanto es mínimo el papeleo. Pero él estaba en el trabajo sin duda; su ausencia aquí lo confirma."

Mientras devoro los alimentos y satisfago mi sed, los hombres comienzan a moverse con cuidado, toman fotografías y buscan papeles.

El Superintendente se sienta en la cama y, en un momento, se voltea hacia las ventanas que permite que el sol brille simplemente porque no estamos en las sombras de ninguna torre. Las lágrimas caen de su rostro.

Y esto lo sé: Víctor Martínez Pastrana ya no regresará ni a casa ni a mí.

# 19 La gata de Shoshenq I

**B**astet es mi nombre y yo soy una diosa.

Este es el Nuevo Reino de Egipto y Shoshenq I manda.

Y yo lo mando a él.

Sin duda es bueno ser la diosa de los Faraones. Es aún mejor ser venerada por un culto de los fieles. Lo mejor es tener un centro ceremonial, Bubastis, construida en mi honor cerca del delta del Nilo.

Junto con Sejmet, somos los Ojos de Ra. A la humanidad les otorgamos protección, la fertilidad, la maternidad y la benevolencia del Sol.

Venérame y serás protegido, como los gatos defienden a sus hogares. Venérame y tus mujeres serán tan fértiles como el delta, y darán a luz a tu progenie. Ora a mí y el sol brillará en vosotros como franjas de sol que calientan los cuerpos de los felinos que descansan por horas de ocio todos los días de sus vidas. Haz estas cosas y serás digno de mis bendiciones en la misma manera que he bendecido la obediencia, la devoción y la adoración de Shoshenq I.

*En mi ten temor. Honra mi imagen. Arrodíllate en respeto.*

Yo me alimento de su adoración y devoción. Añoro su respeto y reverencia. Es natural que una diosa de mis poderes exija estas cosas.

Mi preciado fiel, el faraón, Hedyjeperra Setepenra Sheshonq I, es tan feroz como un felino. Como debería ser; esta bajo mi protección.

Sus logros se describen en los libros del Antiguo Testamento. En Reyes 11:40, 14:25 y Crónicas 12:209, relatan cómo invadió Judá cuando Roboam gobernaba y cómo se apoderó de los tesoros del templo Salomón. Su alcance se extiende hasta

Megiddo en el Reino de Israel y llega a Biblos en el Líbano y de ahí llega a las ciudades de Filistea y Fenicia. Shoshenq I fue bendecido con la fuerza de un león.

Su hijo, Osorkon I, gobernaría como Faraón después de él mientras que otro hijo, Input A, se convertiría en el Sumo Sacerdote de Amón en Thebes. Su tercer hijo, Nimlot B, fue nombrado Jefe del Ejército de Heracleópolis. Esta es la fuerza que da a los que adoran esta diosa.

Los palacios de Shoshenq I en la ciudad de Heracleópolis Magna, donde su familia se instaló después de su llegada de las tierras líbicas al oeste, fueron el hogar de los muchos gatos que amó y a los cuales les importaban. Asignaba sirvientes para alimentar y cepillar a sus felinos domésticos. Los esclavos se les ordenaron limpiar después que los gatos hacían sus abluciones. Era la política del estado fomentar el Culto al Gato.

A cambio—*los mitos son verdaderos*—me manifestaría tomando la forma de un gato durante la puesta del sol. Me aparecía al pie de la cama de Shoshenq I. Él acariciaba suavemente su cama. Yo saltaba y me sentaba a su lado.

"Bastet," él decía. "Has llegado para aconsejarme esta noche."

Se levantaba y caminaba a la ventana, con la brisa del Nilo abajo a lo lejos.

"¿Qué sabiduría me revelas esta noche?"

Yo le miraría el rostro sin decir una palabra.

Nuestros ojos penetran unos a los otros. Y el ese momento, Shoshenq I sabía lo que quería que oiga y entienda:

*Yo soy Bastet y voy a protegerte, como una madre gata codicia sus gatitos recién nacidos.*

# 20 El gatito de Sor Juana

Ahora me acuerdo de todo.

Araño la soga de henequén. Se balancea y se aleja. Pero regresa hacia mí.

A veces me siento en posición vertical sobre mis dos patas traseras y con ambas patas libres araño a esa terca soga de henequén. Pero no puedo arañarla con demasiada fuerza; la soga sube hasta llegar a la torre del campanario y ha pasado que le he pegado con tal fuerza que he quedado aferrado a la soga ¡y ha sonado la campana de la iglesia!

Esto sucede por mi peso corporal y el impulso de mi balanceo y no por la fuerza de mi garra.

No está mal tomando en cuenta que en ese entonces era un *gatito*. Si podía hacer eso antes ¿se imaginan ahora que soy un *gato*?

Sor Juana, mi ama, me regaña por ser travieso.

¡Como si ella pudiera hablar!

Digan lo que digan, el Arzobispo de México aún no ha condenado a este felino por ser "díscolo." Sor Juana Inés de la Cruz, monja Jerónima aquí en Nueva España, a mediados del siglo XVII, ha sido amonestada por ser rebelde.

De veras no entiendo por qué.

Ella me susurra que son celosos.

"¿Quién?" le ronroneo.

"Los hombres," contesta. "Los hombres."

¿Serán celosos de su hermoso cabello negro que cae como cortinas de paños de seda sobre sus hombros? ¿Son celosos de las perfumadas prendas que viste?

"No, Tonito," me dice, usando el diminutivo de mi nombre,

Antonio. "¡Ellos están celosos de mi mente!"

Ella me nombró Antonio en honor del Virrey Antonio Sebastián Álvarez de Toledo y Salazar, el segundo Marqués de Mancera, la Grandeza de España, que gobernará a Nueva España entre 1664 y 1673.

El señor no le agradaba la idea que las mujeres aprendan.

Yo, de veras, no lo entiendo: todo el mundo quiere que su hija aprenda a leer y escribir. Pero nadie quiere que las mujeres crean texto original. Juana Inés tuvo que pedirle permiso a su madre si pudiera disfrazarse como varón para matricularse como estudiante en la universidad de la Ciudad de México. Su madre asintió. La universidad en la Ciudad de México fue la primera universidad fundada en el Nuevo Mundo.

"¿Y porque son los niños tan especiales? ¡Soy un gatito macho y no creo que sea mejor que las gatitas hembras aquí en el monasterio!" le pregunte una vez.

Nos sentamos, hace años atrás, en el campanario, con vistas a la ciudad. Ella balanceaba la soga que subía hasta las campanas de la iglesia.

"Los niños tienen penes," me susurraba, cuchicheando. "Eso es lo que los hace especiales."

Ella balanceaba la soga de sisal una vez más. Se reía.

*¿Esa cosa como gusanito que cuelga entre las piernas? ¡Mucho ruido y pocas nueces . . . casi nada!*

Tuvo que cortarse el cabello y esconder un trapo en la entrepierna de los pantalones cuando se disfrazó como varón. De todos modos, la descubrieron. Su voz la traicionó; fue expulsada de la universidad. ¡Pero su acto insólito provocó un escándalo que llegó a la atención del Virrey y el del Arzobispo!

La Virreina Leonor Carreto instantáneamente se enamoró del intelecto de Juana Inés. Su marido, el virrey, no le hizo ninguna gracia en lo absoluto. Él quería llevar a juicio a mi ama, que en ese entonces tenía 17 años de edad. El virrey citó a juristas, filósofos, teólogos, escritores y poetas para poner a prueba los conocimientos del mundo y todas las cosas del mismo de Juana Inés. Sin preparación formal o notas escritas, ella respondió con capacidad y correctamente a las preguntas que le hicieron, usando sus conocimientos de los hechos y con la deducción lógica.

La Virreina Leonor finalizó el procedimiento inquisitorial aplaudiendo, gritando "¡Brava!" y le arrojo rosas.

Los rostros de los hombres se transformaron en sombría; no eran personas divertidas.

La Virreina Leonor entonces le entregó a Juana Inés una canasta. ¡Yo estaba en esa canasta!

Es entonces cuando me convertí en Antonio. Es entonces cuando la Virreina Leonor le prometió a Juana Inés que ella se encargaría de su educación. Es entonces cuando el Arzobispo la denunció como una niña díscola y rebelde.

Juana Inés se convirtió en Sor Juana cuando ella entro en el monasterio de la Orden de San Jerónimo. En poco tiempo se convertiría en un poeta de la escuela barroca y uno de los más grandes escritores de Hispanoamérica.

Sus palabras sobre el papel se llamarán *poemas*. Sus poemas se llamarán *literatura*. Su nombre será recordado y honrado *eternamente*.

Ella vela por mí mientras juego con la soga de henequén.

Ella escribe una carta, la que ha titulado "Respuesta a Sor Filotea." Se trata de una defensa del derecho de las mujeres para adquirir una educación y componer escritos originales. Ella sabe que incurre riesgos de ser censurada si no tiene cuidado en cómo ella elige sus palabras.

Cuando ella está pensativa, sus ojos se cierran hasta llegar al estrabismo. Ella mira fijamente la distancia tratando de cómo elegir mejor las palabras con el fin de expresar sus pensamientos.

También me escudriño los ojos cuando me levantó en mis piernas traseras y me preparó para dar una embestida hacia la soga de sisal. No importa lo que sucede cuando me apuñale, pues sé que Sor Juana me protegerá.

Ella estaba allí cuidándome cuando era un gatito. Y ella todavía está aquí cuidándome ahora que soy un gato adulto, casi tan grande como la barriga de la monja que pasa sus días horneando galletas de chocolate ¡y tiene la cintura tan grande como si estuviera embarazada!

La declaración definitiva de Sor Juana a favor al derecho de las mujeres para que adquieran una educación con la misma libertad que los hombres será recordada por la historia como, "Yo, la peor de todas."

¡Allí!

Me arremete . . . pero mi garra derecha se enredó en las fibras de la soga de sisal y acabe girando hacia atrás y hacia adelante con tal vigor que, con mi crecido peso muscular y el poderoso ímpetu de mi embestida, logre que las campanas de la iglesia sonaran . . . y al instante ella me agarró y salimos corriendo.

¡Sor Juana sigue cuidándome a pesar de mis travesuras!

Puedo oír las monjas—¡y la Abadesa otra vez!—subiendo los escalones de piedra. ¡Sus zuecos de madera son como una estampida sobre las piedras!

Saben que cuando hay problemas, ¡se trata casi siempre de Sor Juana!

¡De una manera u otra, sin embargo, parece que las travesuras siempre están en nuestro camino!

¡Este gato tonto y su ama, Sor Juana, que, de verdad, es tan feroz como una tigresa!

¡Que las campanas suenen! ¡Que las monjas corran detrás de nosotros!

¡Sea como sea, Sor Juana siempre estará muy por delante de todas ellas!

# 21 El gatito de T. S. Eliot

M e siento sobre su cabeza.

Así de ligero soy. Así de tonto él puede ser.

Su pelo es resbaloso; puedo deslizarme sobre su cabello. Así de brillante es.

Mi nombre es Munkustrap y soy ligero como un gatito probablemente porque soy un gatito.

El hombre en cuya cabeza me siento es el Thomas Stearns Eliot, mi amo. Él, a su vez, se encuentra en una sala, organizando las palabras en sus papeles para hacer puntos. Creo.

Este es mi juego favorito, manteniendo mi equilibrio mientras me siento en su cabeza.

Le divierte escucharme maullar en mi tono de voz alto. Es divertido tratar de mantener el equilibrio mientras el mueve la cabeza.

¿Supones que el sentarse en su cabeza afecta su uso de la razón?

"Católico de pensamiento, con una herencia calvinista, y de temperamento puritano," es como él se describió a sí mismo.

En resumen, ¡un desastre a todo dar!

Habló del mundo alrededor de él de esta manera: "Detesto las ciudades universitarias y los universitarios, que son las mismas en todas partes, esposas embarazadas y niños, demasiados libros y pinturas repugnantes cuelgan en sus paredes . . . Oxford es muy bonito, pero no me gusta estar muerto."

En resumen, un *misántropo*.

Tomasito, lo que yo le llamo, es un hombre de conflictos.

Tomasito se sienta aquí, conmigo, un simple gatito, sentado sobre su cabeza mientras él trata de arreglar sus pensamientos en palabras distribuyéndolas en frases que nadie nunca ha formado y de tal manera que hacen alusión a cómo otros, en el pasado, han sometido sus propios pensamientos a palabras en el papel.

La puerta se abre y entra una mujer. Ella le trae té y galletas. Ella me trae un platillo con crema. Es, por su propia iniciativa, "muy dependientes de las mujeres." Este es un modo egoísta de decir que ve con desprecio el aseo y las tareas domésticas y que exige a ser hecho como si fuera a un Señor de la corte real.

Estoy agradecido de ser un gato macho, sí fuera hembra, yo sospecho que insistiría que me pasare el tiempo en tareas domésticas, como cazar ratones.

Tomasito le encanta dejarse ser mimado y ser servido como todo un gran señor.

En ser un gran señor mimado, de veras, él se destaca. Aparte de mantenerse estable para que ni me caiga ni cuando me deslice de encima de su cabeza, bueno, eso es toda de la actividad física suficiente para él; él no se inclina a dar un paseo a lo largo de la playa como un protagonista en un poema.

Enseña en Highgate School, que no tiene fama de fomentar el atletismo entre sus estudiantes.

Lástima. Le beneficiaría hacer ejercicios de entrenamiento. La única cosa que le gusta levantar es un cigarrillo a los labios. Lo que le causa a respirar profundamente es una inyección de opiáceos.

Para un hombre de sensibilidad puritana, sin duda, sí disfruta hábitos crónicos y debilidades que producen adicciones químicas.

Si ésta es la manera en que una vida evoluciona, entonces ya se sabe como irá a terminar.

Piensa que yo sólo soy capaz de ronronear, pero eso no es cierto. Le puedo trasmitirle ideas a él por medios telepáticos. Tomasito me pone sobre su escritorio, lamo la crema que me sirve, y luego me acerco a su oído. Entonces froto la parte posterior de mi cabeza alrededor de su oído y me pongo a ronronear.

En ese maullido, que sólo él puede oír, le transmito una idea que él creerá que es la suya.

Hoy, le ronronee esta idea: "Shakespeare adquirió más historia esencial leyendo Plutarco que la mayoría de los hombres suelen hacer si visitarán todo el Museo Británico."

¡Qué idea más grandiosa, efectivamente pomposa, para colocar en la cabeza de alguien!

¡Ronronear con rencor y malicia felino!

Me pregunto si se comprometiera esta noción al papel.

Después que mi leve susurro le llega a su oído, me levanta una vez más y me pone sobre su cabeza.

Soy el gato sobre su cabeza. ¿O seré el gato como sombrero?

Él mueve la cabeza inesperadamente, me deslizo en su cabello y me caigo sobre la mesa. Lucho para levantarme y, de una pesquisa de mi vista periférica, veo las letras que forman las palabras en el papel documentando su pensamiento, un simple pensamiento que yo he puesto en su cabeza, como una broma, pero que ha replegado en el papel como algo sabio.

Es una idea que se me ocurrió cuando me di cuenta que nuestra puesta de sol es, para otras personas lejanas, nada menos que el amanecer. Me puse a pensar sobre esta idea por un tiempo, intentando a dar sentido de la forma en que nuestro planeta gira alrededor de su eje.

Le transmito mi observación a sus oídos a través de mis ronroneos, un felino burlándose de las vanidades de la humanidad.

De hecho, me incline y ronroneó en el oído anglosajón y refinado de mi amo calvinista de nacimiento, puritana de temperamento y de sensibilidad católica.

¡Y ya! ¡Ahora ya está escrito en papel!

*En mi comienzo está mi fin. En mi fin está mi comienzo.*

*¡No te babees, pensador Sherlock!*

¡Pon este aburrimiento en tu tumba!

# La gata de Tallulah Bankhead

Estoy enamorada!

Siempre, sea donde sea, estoy enamorada. Me encanta el blanco y me encanta el negro. Me encanta el agua y me encanta el fuego. Me encanta la salud y me encantan los paros cardíacos.

¡Me encanta la idea de tú! ¡Me encanta la idea de mí! Me encanta la idea de ser considerado y me encanta la idea de ser inconsiderado.

Es noche y estoy en la terraza. La luna ilumina los jardines y en la distancia veo los pretendientes, los gatos de todas las clases económicas, quienes, en círculo, caminan el perímetro de la casona de mi ama.

Yo soy Lascivia.

Como sustantivo, es mi *nombre*. Como adjetivo, es mi *vocación*.

Es como el Señor Noah Webster lo define en su diccionario. Arbitraria o ilegal: sexual desenfrenada; suelto, lasciva, extravagantes o excesivamente lujosos, así como una persona, una forma de vida, o el estilo.

Apostaría que él sabía hacer el amor muy bien. Estoy segura que le entregaba obsequios decadentes a sus amores.

Mi ama, Tallulah Bankhead, es genial en el acto de la felación y esto lo puedes declarar libremente de tus labios.

¿Cómo lo sé?

¡Mis ojos han visto la gloria de tantos licenciados y abogados, actores y magnates, filántropos y pilanderos que han desfilado por las puertas de su recamara!

En 1932, cuando fue entrevistada por la revista de Hollywood

*Motion Picture*, provocó un escándalo cuando le dijo al entrevistador lo siguiente: "Lo digo en serio sobre el amor. Sí soy seria sobre el maldito amor . . . ¡No he tenido un romance durante seis meses! ¡Seis meses! Demasiado tiempo... Lo que me pasa es que ¡QUIERO UN HOMBRE! ... Seis meses es un tiempo demasiado, demasiado largo. ¡QUIERO UN HOMBRE!"

Su apetito sexual hizo que la llamaran una ninfómana, por los amables. Ella era más bien conocida por su comportamiento que era ni nada más ni nada menos que de una prostituta. ¡Como si eso fuera algo malo!

"La imitación," el genial Charles Caleb Colton dijo, "es la forma más sincera de adulación."

Adulo a mi ama y, por lo tanto, ¡soy una *felina* que es una *perra*!

*Me encanta la manera en que me acaricias en un momento y, en un instante después, me rompes el alma.*

Eso es lo que yo les digo a mis pretendientes masculinos.

¡Estoy enamorada!

Creen mi mentira inocente. Me miran con ojos de enamorados. Estos pobres ilusos felinos que maúllan a la luna y bailan bajo la luz de la luna creen una mentira *lascivia*.

Me da envidia mi ama. Los hombres tienen una mayor libertad que los felinos. Le compran tragos, le traen flores, le obsequian chocolates, y le ponen estimulantes a su disposición.

"La cocaína no causa la adicción, lo sé porque la he estado tomando durante años," mi ama le gusta decir.

He inhalado la cocaína una vez y me hizo estornudar.

Es una imagen conmovedora verte esnifar cocaína en el medio de la noche, preparándote para otra ronda de amar y hacer el amor y destrozar mi corazón, le encanta decir con una risa, derramando champán mientras el hombre, la Especialidad de Esta Noche, sirve todo lo que sea necesario para acompañar unas líneas de cocaína que ella exige para animar de nuevo la anticipación de otro orgasmo.

Y el mundo sigue en tal forma, a todo dar.

Estos son los contornos de mi cuerpo. Estas son las luchas de mi vida. Estos son los males del mundo que borro de mi mente cuando arco mi espalda y estiro mis garras; mi silencio llena las preocupaciones que no corresponden a ninguna felina, yo le digo a cualquier pretendiente que se acerca a mí esta noche.

*¿Es malo hacer el amor con todos, pero no amar a nadie?*

"Muchos de estos romances improvisadas han llegado a sus puntos culminantes en manera que no son aceptables por la sociedad," mi ama una vez me confesó cuando me senté en su vestidor, mientras ella se aplicaba lápiz de labios. "Entro a ellas impulsivamente. Desprecio cualquier noción de su permanencia. Se me olvida el ardor asociado con ellos cuando un nuevo interés se presenta."

Espero que salga bien, esta cosa, este ardor, esta sensación de hormigueo entre mis piernas.

Bajo la luz de la luna puedo ver muchas cosas. En la oscuridad de la noche he sentido muchos placeres. ¡Me encanta la idea de ser considerada!

*¡Me encanta la visión de un santo que camine hacia el mar y no hará vuelta atrás. Oh, virtuoso: Ahógate!*

Espero que todo salga bien. ¡Me encanta la idea de no ser considerada!

¿Qué no hay que no se pueda amar del hedonismo?

*La codeína . . . el bourbon . . .*

¡Me encantan ambas!

¡En mi manera delirante, excitante estoy enamorada de la esencia de la vida!

Ese es el significado de mi vida. Ese es el significado de mi nombre . . .

¡Lascivia!

# 23 Tennessee Williams y su gata

**Y**o soy, según lo que dicen todos, hermosa. Yo soy la Señorita Dubois.

Yo soy una felina. Sin embargo, soy aún más que eso. Soy una aguda observadora del homo sapiens, el especie que me divierte más que cualquier otro ser—y el que se encarga de mis necesidades físicas.

Mi amo es Tennessee Williams. Él es un hombre maravilloso que me prodiga atención, es como debe de ser simplemente porque soy, según lo que dicen todos, hermosa.

No crea que soy altanera o arrogante. Que soy, según lo que dicen todos, bella no es mi culpa. Y no pienso que mi belleza es obra mía. Es un don otorgado por Dios.

Tampoco es mi intención de ser vana. Yo sólo soy honesta.

Por supuesto, como una felina que se creció en el sur estadounidense adherido a ciertos protocolos gentiles que corresponden a una crianza de buena educación.

Ante todo, trato de ser amable con todos, felinos y seres humanos por igual.

Aunque sea mi educación ser gentil, debo confesar que es una característica rara. No todos los felinos en el mundo son tan amables como una gata que se educó en un hogar del sur estadounidense. ¡No todos los gatos tienen la suerte de haber sido criado en un hogar sin techos de lata!

Le voy a decir esto. Se trata de mi amo, Tennessee Williams. Si, según lo que dicen todos, yo soy hermosa, entonces él, según lo que dicen todos, es amable.

Su bondad es más evidente en la atención que le prodiga a su hermana, Rosa. Ella es un idiota—pero digo esto usando el

164

sentido estricto de la palabra.

Esto es lo que ocurrió—y es trágico.

Cuando era una adolescente, Rosa, como todas las adolescentes del mundo, comenzó a descubrir y explorar su propio cuerpo. Esto es natural y esto es una parte sana de la pubertad. Sin embargo, un día su madre, Edwina, que contaba con un criterio muy estrecho acerca de la sexualidad, entró en la recamara de Rosa cuando la joven se masturbaba. La simple idea llenó a Edwina de horror y ella se convenció que su hija Rosa estaba o bien poseída por las fuerzas demoniacas o estaba enferma de la mente.

Es importante entender la época y el lugar. Estamos hablando de un período cuando la sexualidad femenina estaba reprimida en los Estados Unidos durante la década de 1940. Las libertades de una generación anterior habían dado paso a la censura a raíz de la moralidad impuesta en la sociedad estadounidense por la segunda guerra mundial que resultó en la represión de las libertades asociadas con los años de la década de 1920. Las más feroces de la represión fue a través del llamado Código Hays que impuso un programa de auto-censura en la industria del entretenimiento. Desde 1930 hasta 1968 el Código de Producción de la Películas, conocida en inglés como el Motion Picture Production Code, impuso valores puritanos que se consideran hoy en día como una forma de "terrorismo cultural" que sacudió la sociedad estadounidense. Eso, y el carácter represivo de las enseñanzas episcopales en el sur estadounidense, convencieron a Edwina que un mal terrible le afectaba a Rosa.

Se puso a espaciar rumores crueles sobre su hija. Convenció a los miembros de la familia pensaran que Rosa padecía de esquizofrenia. Odiaba lo que sus hijos, a su forma de pensar, eran—una ninfómana y un gay. Edwina no fue una madre cariñosa y no demostró bondad hacia sus hijos. Por lo tanto, la decepción de Edwina en sus hijos terminó en tragedia: Edwina insistió que los doctores de su hija la sometieran a una lobotomía con la esperanza de que Rosa se "olvidara" de la libertad que nace cuando una mujer está en pleno control de su propio cuerpo, incluso la sensualidad de su sexualidad. El tratamiento acabó horriblemente; Rosa fue institucionalizada y Tennessee pasó el resto de su vida cuidando a su querida, pero idiota, hermana.

En los decenios que siguieron, a través de todas las vidas que he vivido como una gata que cuenta con nueve vidas, Tennessee, fue firme y valiente, un hermano que siempre extendió cada bondad a Rose.

¿Fue Tennessee un hombre perfecto?

No. Nadie es perfecto. Bebía en exceso. Constantemente se peleaba con uno de sus mayores amores de su vida, el mexicano Pancho Rodríguez y González. Su relación con Pancho, aunque tumultuoso, duró durante más de medio siglo.

La bebida no era su única falta. Tennessee también se hizo dependiente de medicamentos farmacéuticos. Careció de la discreción; ¡cuándo viajó a Nueva York almorzaba con la personas como Andy Warhol!

¡Imagínese algo por el estilo!

Pero con su hermana, siempre fue amable.

Todos comentaban sobre su lealtad a ella—y su lealtad a mí.

"¿Todavía con esa misma vieja gata?" algunas mujeres zalameras dirían cuando me veían.

"¡La Señorita DuBois desafía las décadas!" le contestaba en mi defensa. "¡Su amor, no su edad, es lo que me importa a mí!"

Su devoción a su hermana y su adoración a mí eran ambas firmes.

Muchos seres humanos encontraban eso extraño. Muchos comentaron que su falta de egoísmo fue peculiar. Otros encontraron que su amor a todos que formaban parte de su vida como a extraños.

Encontré este tipo de actitud ofensivo. Encontré esa falta de generosidad humillante. Me pareció que el supuesto de que uno tenía que ser egoísta una calidad de seres pocos generosos.

Siempre que alguien hacía un comentario semejante, me sentaba y con la espalda derecha, me ponía a lamer mis patas y dar la mirada.

Estas actitudes me llenaban de tristeza hasta el punto de volverme azul simplemente porque eran palabras malvados.

Sobre los homo sapiens, yo os dejo con esta observación: *siempre me ha ofendido el extrañamiento de la amabilidad.*

# 24    El gato de Truman Capote

No hay duda de que fui un gato malvado en mis *ocho* vidas anteriores!

No hay otra explicación. No hay absolutamente ninguna otra explicación para justificar este infierno que vivo al tener que estar atado a este viejo borracho en mi vida presente.

Me siento. Lo miro. Lamo mis patas.

No me atrevo a moverme; temo incurrir en la ira de esta monstruosidad de un ser humano a quien el destino me ha atado.

El Destino. ¡Eres un desdichado ser!

Supongo que ni siquiera podía escapar y largarme. Pero ese acto demostraría algo más que la imaginación: exige *iniciativa*.

Además, no estoy convencido de mi capacidad para sobrevivir por mi propia cuenta. Tampoco me inclino a pensar en un futuro sin el caviar que Joanne Carson envía a mi amo varias veces al año—caviar que llega a mi boca servido en una cuchara de plata esterlina, de la marca Gorham Chantilly Gumbo que él siempre tiene a la mano para darme golosinas.

¿Será que estoy consentido? ¿Será mi dependencia en mi compañero humano una relación enfermiza?

Permítanme reflexionar sobre esto y, al mismo tiempo que lamo mis patas, bostezo, mirándote como si no estuvieras en mi línea de vista.

Ya acabe de pensar. He llegado a una conclusión: ¿Qué demonio importa si es una relación enferma o no?

Siempre y cuando mis necesidades sean atendidas y pueda seguir mirando a mi amo con desdén, no considero nuestra relación enferma.

Él sólo existe para asegurar que mis necesidades sean satisfechas. Sus propias necesidades pueden ser atendidas por un camarero, un farmacéutico y un gay cualquiera.

Ah, me olvidaba: y una vieja tonta adinerada que le encanta contar con homosexuales entre sus íntimos, una mujer con dinero siempre y cuando nos proporcione bocados refinados y de gourmet como delicias para saborear.

Una vez pensé que podríamos tenerlo todo, en lo que cabe las relaciones entre seres humanos y felinos. Pero el sueño se aleja a raíz de las enfermedades del alcoholismo y las dependencias a farmacéuticos de este viejo borracho y drogadicto. Cómo fue su dependencia en farmacéuticos y al trago comenzó es algo que ya no puede recordar; me parece como una pesadilla de una vida anterior.

Por supuesto, si quisiera me pudiera echar la culpa pero no me agrada contemplar fantasías.

Mi propio engaño puede ser algo de una escena de la cinta *Breakfast at Tiffany's*, mejor conocida como *Desayuno en Tiffany's* en Hispanoamérica y *Desayuno con diamantes* en España. Recuerda la escena donde Holly Golightly le dice al dichoso felino que llega a su vida:

> ¡Él está bien! ¿No es cierto, gato? ¡Pobre gato! ¡Pobre haragán! ¡Pobre haragán sin nombre! De mi modo de pensar, yo no tengo el derecho a darle un nombre. No nos pertenecen el uno al otro. Simplemente nos conocimos un día por el río. No quiero tener nada hasta que me encuentre un lugar donde yo y las cosas van de la mano. No estoy segura de donde estará ese lugar, pero sé cómo será. Es como la tienda Tiffany's.

¡Oh, por supuesto, me atraía la divertida visión de Truman Capote cuando se viste en *drag*! ¡Un vestidito negro para un hombrecito tan gordito como una salchicha liliputiense! ¡Esa visión hizo que mis pupilas se dilataran!

Podría haber sido tan fácilmente mi vida real a un amigo al estilo de "Huckleberry" y que, como dice la canción, hubiéramos llegado al fin del arco iris, que me prometió, estaba justo a la curva del río.

Hubiera sido posible, pero eso fue años atrás, antes que las drogas y el alcohol y los gais que contrata para relaciones sexuales.

¡Pobre gato de mí! ¡Atado a este pobre haragán!

En una palabra: ¡Resignación!

Otra temporada y hemos llegado a las playas de South Beach. Estuvimos en Los Ángeles hace unos meses y estaremos en Connecticut en unos meses a partir de hoy. Así somos, dos vagabundos, vagando por todo el mundo hasta que, a raíz de la naturaleza perversa y los insultos de mi amo, acaba con la bienvenida de nuestros anfitriones.

"¿A cual dirección quieres que se mande tu equipaje, Truman? Lamento que hemos decidido cerrar la casa por la temporada pues ha surgido algo inesperado."

"¿Qué?"

"Sí, resulta que tenemos unas obligaciones en Londres que requieren nuestra presencia inmediata, mi vida. ¿Entiendes nuestra situación, querido?"

Y de tal manera nos despachan, a dos haraganes a continuar en su camino por las curvas de la vida.

Este invierno nos encontramos en Miami Beach.

"¡Con tantos latinoamericanos aquí, mi gato es un *gatito*! En castellano el diminutivo de gato es *gatito*, ¿verdad?"

Es de esta manera que me convertí en el *gatito* al interminable desfile de borrachos, drogadictos, y los pedófilos que encuentran camino a este antro de vicios día y noche que constituye el departamento donde vivimos.

Es miércoles por la mañana, pero parece como el lunes después del Super Tazón en la cinta *Animal House*, mejor conocida como *Colegio de animales*.

Discúlpame mientras me llamo las patas y trato de no pensar de lo que transcurrió anoche.

Sin embargo, aquí me siento sobre la mesa de comedor.

Ya llego la tarde y esta habitación está tan cálida como un invernadero de cristal bajo el sofocante sol de la Florida. El lugar apesta a rancio whisky y vómito fermentándose, mezclado con el humo de cigarros.

Mi amo sale y entra en su conciencia; las botellas vacías de bebidas alcohólicas yacen desparramadas; descansa su cabeza sobre su brazo y se encuentra sentado a la mesa del comedor. Manchas de vómito, seco y crujiente, se ven en las fosas nasales y el labio superior; saliva babea desde un lado de la boca. El único movimiento es un jalón ocasional entre sus suspiros y sus ronquidos.

Hay veces cuando me pregunto a mí mismo si el caviar Daurenki merece que permanezca aquí, lamiando mis patas mientras estoy sometido a esta visión que tortura.

Al mismo tiempo temo y añoro de su sobredosis, evidencia de cómo soy de dos mentes al contemplarlo.

La *idea* de Truman Capote es más llamativa que la *realidad* de Truman Capote.

# 25  La gata de Victoria Ocampo

Cuando mi ama recibe visitantes del extranjero y que nunca la habían visitado aquí previamente, muchos de ellos estaban sorprendidos por la arquitectura.

*Si supiera lo contrario, te juro que podríamos estar en cualquier capital europea.*

Ella se reía. Con su manera gentil y tranquila les aseguraba, "Te voy a mostrar algo."

Entonces los llevaba a la cocina, encendía el grifo—*et voilà*—y veían como el agua se drenaba en el sentido contrario de las agujas del reloj.

"La fuerza de Coriolis es responsable de que los líquidos se vacíen en el sentido contrario al de las agujas sur del ecuador y a la derecha al norte del ecuador: ¡Te aseguro que estamos al sur del ecuador!" mi ama Victoria declaraba con confianza. "De veras estamos en Buenos Aires, Argentina—y no en algún lugar de Europa."

Victoria Ocampo se convirtió en mi ama cuando ella me adoptó durante la Navidad de 1945 en Núremberg, Alemania. Ella era la única argentina que asistió a los juicios de Núremberg, y para tener compañía en las ruinas de Europa después de la segunda guerra mundial, yo me convertí en su mascota felino.

Nomi es mi nombre. Yo soy Nomi tanto por la belleza de ese nombre hebreo como también una declaración de rebeldía contra el mal que pasa a Europa durante la guerra. Por supuesto, yo no soy judía técnicamente. Si bien es cierto que todos los gatos son animistas, ningún gato adhiere a una religión específica.

Después que los juicios concluyeron, seguimos a París, donde no revele a ningún otro gato que nací en Alemania ya que no deseaba causar un escándalo durante nuestra estancia en Francia.

Desde allí nos zarpamos a Buenos Aires. Yo no sabía qué esperar, de verdad. Así que se puede imaginar mi alegría de encontrar una ciudad que nunca había sido bombardeada o invadida, en donde la gente vivía diferentes tipos de vidas fuera de los constantes conflictos que caracteriza la vida y la historia de las etnias salvajes que habitan el continente europeo.

Mi ama Victoria era vibrante, llena de vida con sus ideas e intelecto. Su casa era un lugar donde los visitantes comentaban sobre el *Infierno* de Dante, *Orlando* de Virginia Woolf y *The Seven Pillars of Wisdom* de T. E. Lawrence.

Así debía de ser. Mi ama Victoria, en 1931, fundó y publicó *Sur*, una revista literaria. Se convirtió en la más importante publicación en América Latina. Entre los escritores que *Sur* publicó incluyera Jorge Luis Borges, Julio Cortázar, José Ortega y Gasset, Manuel Peyrou y Albert Camus. Borges fue un asiduo visitante a nuestro hogar.

Cada vez que se presentó, me bajaba de mi percha en el tercer estante del librero en su estudio—era costumbre entre los parisinos de buena educación de posicionar cojines en el tercer estante de sus libreros para *les chats magnifiques du ménage*. Mi ama Victoria contó con una niñera francesa durante su infancia que le enseño y por lo tanto ella adopto muchos hábitos franceses sin saber que lo eran. A su manera, como una argentina orgullosa ella creía necesario defender sus tendencias francófilas. Ella observaba que "el libro del alfabeto del cual aprendí a leer fue francés, como también fue la mano que me enseñó a dibujar esas primeras letras." Yo solía llegar a Borges y saltaba sobre su regazo. Él amablemente me acariciaba mientras yo escuchaba a este o aquel sobre, aquello o lo otro.

Argentina siempre mantenía la esperanza de esta manera. Y estaba lleno de posibilidades y promesas.

Esto no quiere decir que Argentina siempre ha estado a la

altura de su potencial o promesa. ¡En muchas maneras es demasiado parecida a Europa!

¿Qué quiero decir?

¡Quiero decir que, aunque pasé incontables tardes tomando siestas de gato en el tercer estante de la librería en el estudio, viví unos meses en 1953 cuando pasé días enteros escondidos bajo la cama de mi ama Victoria!

Fue cuando ella fue encarcelada por oponerse a la dictadura fascista de Juan Domingo Perón. Ocasionó gran revuelo cuando la esposa de Perón, Eva, también denunció a mi ama Victoria como una "vil burguesa"—cosa que yo no podía entender.

*¿Una perra vil?* Mi ama Victoria era un ser humano, ¡no un animal!

Borges le había advertido de la posibilidad de que sería perseguida por el régimen del dictador como muchos otros intelectuales públicos habían sido. Ella contestó que rechazaba categóricamente lo que generaban resentimiento y desconfianza al intelecto humano; a la vida de la mente y de las ideas; y a aquellos que dedican su vida a actividades intelectuales. Borges se sorprendió por su actitud desafiante la declaró "la mujer más argentina."

Mi ama Victoria regresó a casa después de unas semanas de encarcelamiento y yo volví a la tercera estante del librero. Trascendió Juan Domingo Perón quien, como es el destino de todo mal, a buena hora murió acabando con su presencia en este mundo. Tal vez se encuentre en el noveno círculo del Infierno de Dante por su traición a la humanidad.

En lo que corresponde a mí, Nomi, yo estuve feliz de vivir de mis nueve vidas consecutivas en el hogar y en los brazos de mi ama Victoria.

Ella me protegía de los fascistas y extremistas independientemente de que manera que circulaba el agua al vaciarse en el fregadero.

# El gatito de Zelda Fitzgerald

Durante las fiestas mi lugar favorito es la repisa de la chimenea del comedor. Desde este punto de vista puedo sentarme y disfrutar de alegría. También puedo caminar hacia adelante y hacia atrás en la repisa, mostrando como un felino *debonair* se mueve. Las damas siempre se acercan a mí y hacen un alboroto cuando ronroneo o maúllo, dependiendo de mi capricho.

Gozo de la satisfacción del amor y devoción de mis admiradoras. ¡A este gato, nada agrada tanto como ser acariciado por todo mi cuerpo por preciosas mujeres! Añoro la adoración que me ofrecen. Las más *sexys* son quienes me toman en cuenta y llegan a la casa con regalos para mí, maravillosos obsequios que demuestran que pensaron en mí de antemano. Zelda se pone tan feliz cuando alguien le dice, "¡Aunque no lo creas, te traje un regalo para tu precioso gato!"

Por supuesto, no obstante los regalos, mi corazón pertenece a mi bella ama, la Señora Zelda Fitzgerald, pero tengo que admitir que me encantan sus amigas.

Yo soy Diego.

Ah, entonces, sobre los acontecimientos de anoche, ¿qué es lo que quieres saber? Si te interesa el chisme entonces no eres mejor que los periodistas de la prensa amarilla que escriben basura sobre el Señor F. Scott Fitzgerald y su esposa en los tabloides.

Y a eso tengo una sola palabra: ¡Increíble!

Me perdonarán, pero yo no divulgo ningún secreto que traicionara a mi ama. Cualquier cosa al contrario sería poco caballeroso de mí parte, ¿no?

Basta con repetir lo que Edmund Wilson escribió de su asistencia a una fiesta en el hogar de los Fitzgerald el año pasado. Estamos en 1929, y por lo tanto, con simple matemáticas, esto es lo que el Señor Wilson escribió en 1928:

> Me senté junto a Zelda, que se encontraba en su mejor iridiscente. Algunos de los amigos de Scott se irritaban; otros fueron encantados por ella. Yo fui uno de los que quede encantado. Ella tenía lo extraño de una dama al estilo del sur estadounidense y contaba con la falta de inhibiciones de un niño. Habló con tanta espontaneidad e inteligencia—casi exactamente en la manera en la que ella misma escribe—que, en poco tiempo, dejó de ser perturbada por el hecho de que la conversación fue con el carácter de "libre asociación" de ideas y uno nunca podía dar seguimiento a nada. Pocas veces he conocido una mujer que se expresaba tan deliciosamente y de manera tan refrescante: ella no tenía frases preparadas por un lado, y no hacía mucho esfuerzo para dar un efecto u otro.

Sobre la fiesta de anoche, bueno, había confeti y las personas lucieron sombreros. Los globos estaban llenos de helio y me encantó cómo jugué con las cintas coloridas que estaban atadas a ellos. Me reprendieron por saltar entre las cintas mientras los globos flotaban hacia el techo. No es que me importara, a fin de cuenta, las cintas que cuelgan de los globos son siempre divertidas, ¿no? Por supuesto que lo son—¡y tú lo sabes!

Cuando empezó la fiesta con el "pop" de las botellas de champaña, los sonidos de tintineo de las copas de cristal, las risas de los hombres y las mujeres que se dedican a la alegría, ella estaba en su elemento.

Se movía de invitado a invitado, dándole besos reales a cada hombre en su mejilla. Ella tenía la costumbre de permitir que los hombres le besaran su mano, pero ella siempre entrelazadas las manos de las damas, las llevaban a sus mejillas ¡y les besaba las palmas de sus manos!

¡Qué inesperado! Sospecho que lo hacía con el fin de evitar

que los perfumes de los rostros de las otras mujeres se mezclaran con su propia fragancia. Se trata de algo exclusivo de ella, la manera en la que ella misma, con sus ojos enfocados en cada uno de sus invitados, les daba la bienvenida tanto a la fiesta como a su casa.

Vivía su vida en la misma manera que alentaba a los jóvenes mujeres estadounidenses que vivieran las suyas. En caso de que necesite un recordatorio, así es como mi ama describió a la mujer estadounidense moderna:

> La "Flapper" despertó de su letargo de su "sub-debutantismo," peinó su cabello al estilo "bob cat," lució su par de aretes más selectas y con mucha audacia y rouge y entró en la batalla. Ella coqueteó porque era muy divertida coquetear y llevaban un traje de baño de una pieza porque contaba con una buena figura . . . ella estaba consciente de que las cosas que ella hacía eran las cosas que siempre había querido hacer. Las madres no aprobaban cuando sus hijos llevaban a una Flapper a los bailes, a tomar té, a nadar y aún peor a su corazón.

Hice cabriolas hacia atrás y hacia adelante a lo largo de la repisa toda la noche. Varios invitados colocaban copas de champaña y copas de whisky en la repisa. Me moví en torno a ellos con facilidad, mientras el confeti caía entre todos nosotros, brillante y causando que las mujeres se reían. Las damas estaban encantadas con los globos que flotaban sobre ellas y los señores se retiraban para fumar sus cigarros con otros señores.

Si usted cree que hablo de una fiesta de Fin de Año, le perdono por pensar que de eso me refiero. No era la víspera de Año Nuevo. ¡Se trata simplemente de una *fete* en la casa de los Fitzgerald! Sospecho que la mayor parte de las madres estadounidenses desaprobarían; afortunadamente, ¡ellas no habían sido invitadas a esta fiesta que trajo tanto placer a los hombres y mujeres que sí habían sido invitados y asistieron!

Cerca del final de la noche, Zelda se acercó, me acarició y me besó y con mucha drama demostró su afecto por mí.

Se deslizó a mi lado, me rascó detrás de las orejas, me besó en la cabeza, y colocó una boina roja en mi cabeza. ¡Nada me hace lucir tan pulcro y *debonair* como cuando luzco una boina roja y brillante, algo que se destaca claramente en contra de mi pelaje negro!

"Eres es el único y verdadero amor de mi vida," dijo con una risa. "¡Eres el *joie de vivre* de mi vida!"

Y, con eso, ella, vertiginoso y con deleite, se alejó mientras la brisa movía las cortinas, ella riendo con su sonrisa alegre y sus ojos brillantes, con las cintas de los globos revoloteando en su rostro.

¡Allí! ¡Usted mismo lo escucho! ¡De los labios de la elegante y eterna Zelda Fitzgerald: ¡Yo soy *la vida* de su vida!

¡La vida es un gato en una boina, amiguete viejo!

¡La vida es un gato en una boina!

# Editor's Note / Nota del editor

The quotations from Catherine the Great, Leon Trotsky, Machiavelli, and Murasaki Shikibu are taken from standard English-language translations.

Los textos de Catalina II, León Trotsky, Maquiavelo, Murasaki Shikibu, Truman Capote, Edmund Wilson y Zelda Fitzgerald fueron traducidas del inglés al español por el autor.

# About the Author / Nota sobre el autor

The author is a dog person—or so his cat claims.

*El autor prefiere a los perros—según su gata.*

www.ingramcontent.com/pod-product-compliance
Lightning Source LLC
Chambersburg PA
CBHW070023260626
47159CB00005B/1930